GCN文庫

WITCH AND MERCENARY

魔女と傭兵 2

超法規的かえる
CHOHOKITEKI KAERU
illust. 叶世べんち

「いったい何を買うんでしょ
私も仲間に入れてくだ
「し、
冷や汗を流
凍り付いたように動

魔女と傭兵 ②

著：超法規的かえる
イラスト：叶世べんち

GCN文庫

一章 新たな火種

WITCH AND MERCENARY

結局のところ、場所や環境が変わった程度で人とはそう簡単に変われるものではないのかもしれない。

以前に傭兵団の仲間が酒と自分に酔ってそんなことを言っていたが、結果的にその言葉は半分当たりで半分間違っていた。

シアーシャは初めて出会った頃からすれば大分変わっていたが、自分はそう変わったように思えない。この差はきっと、自ら変わろうと思えるか否かの差なのだろう。

月並みなセリフだが、本人次第とはよく言ったものだ。

そんなことを考えていたジグは、シアーシャと共にアランたちに伝えられた店に向かう。

先日の特定魔獣討伐に関わる騒動の折に予定外の事態が起き、その際ジグはアランからの依頼で彼の仲間を助けた。その礼と報酬の受け渡しも兼ねて食事を奢《おご》ってくれることになった。

仕事を終えた次の日も彼らはギルドへの報告に追われていたが、それもようやく終わったようだ。

ジグたちが店に着くと、彼は律義にも外で待ってくれていた。

「やあジグ、シアーシャさん。お疲れ様」

「お疲れ様です」

「早速だけど行こうか。店はこちらで決めてしまったけど構わないかな?」

「ああ」

「良かった。仲間は先に中で席を取っているんだ」

彼らの選んだ店はそこまで大きいわけではないが、造りがしっかりして落ち着いた店構えをしている。

アランに続いて中に入ると、客層は冒険者たちが多くいるのにもかかわらず粗雑な雰囲気がない。

談笑こそしているが馬鹿騒ぎはなく、落ち着いた者ばかりだ。

「雰囲気のいいお店ですね」

同じことを感じていたのかシアーシャが感想を口にする。

ジグは周囲の客を見る。

その体つきや物腰から実力者特有の凄味を感じ取った。

全てではないが、ほとんどが腕のいい冒険者のようだ。

「ここは冒険者の中でも上位の人たち向けの値段設定だからね。自然とそういった客層が集まるんだ。腕はいいけど上品なのが苦手で雑多な方が好きって人も結構いるけどね」

「たまに交じっている素人は？」

「冒険者の身内か恋人、あとは直接依頼を頼みに来た金持ちだろうね」

「なるほどな」

アランが対応に来た店員に待ち合わせがいると伝える。

奥へ案内されるとすでにアランの仲間が揃っていた。

先ほど料理が運ばれたところなのだろう。

豪勢な食事が湯気を上げている。

「お待たせ」

「待ちかねたぜ大将。早いとこメシにしようぜ」

「まあまあ、もうちょっと待ってくれ」

アランはライルを宥《なだ》めると皆に声を掛ける。

「改めて紹介する。ジグとシアーシャさんだ。二人は今回の事態解決に協力してくれたばかりか、仲間の窮地を救ってくれた恩人だ。今日は二人への感謝として食事に招待した。存分に食べて飲んでくれ。乾杯!!」

アランの音頭で皆が杯を呷《あお》る。

飲み干したところで、アランが金の入った革袋を差し出してきた。

「依頼の報酬だ。成功報酬分は文句なしの満額だよ」

「ありがたい」

それでこそ体を張った甲斐があるというものだ。

合計百万の重みを心地よく感じながら懐にしまう。

武器の新調で寂しくなった財布事情が一気に解消された。

満足いく収入、労働の後ということもあり酒の味も一層旨《うま》く感じるというものだ。

各々が談笑しながら料理を食べ酒を飲む。

「それじゃあの時声を掛けてくれたのも、あんただったのか」

「ああ。悪いな、覗き見るような真似をして」

話は幽霊鮫のことまで遡っていた。

「はっはっは!!　変わったこと気にすんだなジグは!　命の方が大事に決まってるじゃねえか、なあ?」

そう言ってライルが隣の男の肩を叩く。

あの時の魔術師、マルトと名乗ったその男はちびりちびりと酒を飲みながら答える。

「そうだね。確かに勝手に見られたのはあまりいい気分じゃないけど、結果助けられてるんだし騒ぐほどじゃないよ」

「そう言ってもらえると助かる」

あの時のことを話すとまた礼を言われた。

覗きのことは、ジグが懸念していたほど気にはされていなかったようだ。

「というかジグのとこでは、覗いてたのがバレたらどうなるんだ？」

「そうだな……袋叩きならマシな方で、相手次第では利き腕を落とされても文句は言えないだろうな」

想像を絶する処遇にアランたちが固まる。

ライルが冷や汗を垂らしながら掠《かす》れた声を出す。

「……とんでもねぇな。そこまでするか普通」

「業《わざ》を盗むとはそういうことだ」

心血を注いだ努力の結晶を盗もうというのだ。

それぐらいの覚悟はしておかねば。

「ジグ、もう一杯」

「ああ、すまんな」

リスティが空になった杯に酒を注ぐ。

「……やけに甲斐甲斐しいじゃねえかリスティ。狙ってんのか？」

「将来有望、粉を掛けておく」

「将来と言うか既に十分強いのでは」

マルトの突っ込みはスルーされる。

それを見ていたアランが笑う。

しかし急に真面目な顔をするとある提案をしてきた。

「リスティは置いておくとして……シアーシャさんたち、うちに来ないかい？」

「……本気か大将」

声音や表情からそれが冗談ではないと悟ったライル。

対してシアーシャは落ち着いた様子で酒を飲んでいる。

「本気さ。俺はシアーシャさんの術を間近で見たからこそ言える。彼女の実力は疑うべくもない」

「……賛成かな。僕の術は索敵と防御に偏っている。彼女の火力と魔力量があれば取れる戦術は大きく増える」

マルトが合理的に答えを出す。

リスティは最初からそのつもりのようだ。

ライルはどこか躊躇《ためら》いがちだ。

「そうは言ってもな……等級が離れすぎてるだろ。その辺はどうするつもりなんだ？」

「なにもすぐに加入しろって言ってるわけじゃない。昇級してしかるべき時になったらの話さ。もちろん返事をくれれば全力でサポートする。それとも彼らにはその実力がないと？」

「……そうは言わねえよ、けど」

「待って」

ライルとアランにリスティが待ったをかける。

「私たちで盛り上がってないでまずは本人たちの気持ちを聞く方が大事」

もっともな言葉に二人はバツが悪そうにする。

「ごめん、熱くなってたみたいだ」

「面目ねえ……」

リスティに頭を冷やされた二人が気まずそうにする。

二人に代わって彼女が問いかけてきた。


「で、どう？」

簡潔な問いに先に答えたのはシアーシャだった。

「……少し考えさせてください。私も今ちょうど、これからどうすべきか悩んでいるところなので」

「そっか」

「ひとまずは臨時の助っ人として、パーティーというものを経験しておこうかと思います」

「……うん、それがいい」

次にジグの方を向く。

「……なんとなく想像つくけど、ジグはどうする？」

ジグは手の中の杯を飲み干すとテーブルに置いて彼らの目を見る。

「悪いが、俺は傭兵をやめるつもりはない」

予想していたようで、さして驚きもしないアランたち。

「だが必要なときは呼んでくれ。手が空いていれば加勢しよう。無論報酬次第だが」

「……ま、そんなとこか」

それでこの話はお流れとなった。

酒が入ってつい熱くなったアランたちを、リスティがチクチクと刺しながら宴は続いた。

店が混んできて近くの席にも人が来る。

「あら？　アラン君じゃない」

「エルシアさん。こんばんは」

銀髪に肉感的な体を包む法衣、そして目を覆う眼帯。

特徴的な容姿だ。

一度きりしか会っていないがジグも覚えている。

相手もこちらに気づいたようで口元を歪める。

「あんた、あの時のクソ野郎……」

「ま、まあまあエルシアさん」

殺気立つエルシアをアランが宥《なだ》める。

店で騒ぐのもまずいと矛を収めたエルシアがジグを睨む。

その視線にジグが嘆息する。

「あれはお前の自業自得だろう」

「……アラン君に免じて見逃してあげるけど、次にふざけたことしたら、ただじゃおかないわよ」

そう言い放ち隣のテーブルに座る。

その様子に呆気にとられていたライルたち。

「……お前何やらかしたんだ？」

「妙な真似をしようとしたから、下剤を盛ってやった」

「鬼かよ。おっかねえことするな……」

「エルシアさんに俺が人捜しを頼んでただけなんだ。色々行き違いがあったから起きた事故みたいなものだよ」

アランが幽霊鮫のことを教えてくれた人を捜すためにエルシアに頼んだという。

当人はワイングラスを傾けながらこちらを観察するように見ている。

眼帯越しで視線の動きこそ見えないが、こちらに意識が向いているのは分かる。

そして、またしても魔術を行使する際の独特な臭いがエルシアから漂ってきているのに気づくと、ジグのこめかみが不快そうに動いた。

「ジグさん……?」

その様子にいち早く気づいたシアーシャが、わずかに身を強張らせる。

彼から漏れ出る雰囲気に覚えがあったからだ。

それはあの森で、ジグと初めて相対したとき。

殺し合う敵に向けるそれに限りなく近かった。

ジグはおもむろに懐へ手を入れた。

取り出したのは一枚の銀貨。

その瞬間ジグの指がブレ、シアーシャの視線の先から銀貨が消えた。

それと同時、何かが割れるような音と女性の驚く声が聞こえた。

慌てて音の方を見ると砕けたグラスを手にエルシアが呆然としていた。

ジグが指弾でグラスを撃ち抜いたのだ。

それは分かるが、なぜそんなことをしたのかが分からない。

エルシアはこちらを見ていたので、何が起きたのかをすぐに把握したようだ。

「ッ……あんた！　なにすんのよ!!」

烈火の如く怒る彼女を見て、アランたちも何が起きたのかを理解した。

「おいおいジグ、流石《さすが》にそれはまずいぜ……」

「エルシアさんの態度にも問題はあったけど、今のはやりすぎだよ」

口々にジグを諌《いさ》める。

しかしそれが聞こえていないかのように、冷たい視線をエルシアに向け続けている。

それが彼女の怒りに油を注いだ。

「……なんの真似かしら？　アラン君のお気に入りみたいだから多少は見逃してあげてたけど、これはいくらなんでも度が過ぎているわ。表に出なさい。お仕置きが必要みたいね」

表面的な怒りを押し殺して静かに告げる。

これはまずいとアランたちが慌てた。

エルシアは三等級の中でも指折りの実力者だ。

流石に相手が悪い。

どうにか事態を収めようと考える中、ジグがようやく口を開いた。

「お前、何のつもりだ？」

「……それはこちらのセリフなのだけれど」

意図の分からない問いにエルシアが嘆息する。

「お前が俺に魔術を使おうとするのは二度目だな？」

「……え？」

エルシアがジグの言葉に凍り付く。

先ほどの怒りはなりを潜め、バレてしまったことへの動揺を隠せない。

その態度が答えであると言わんばかりの反応だ。

「ジグ、それはいったいどういう……？」

「言葉通りの意味だ。こいつは以前に接触した際にも魔術を行使しようとした」

「……でも、どうやってそれに気づいたんだ？」

よほど規模の大きな術でもない限り発動前に気づくのは困難だ。

しかしエルシアの反応を見るに、術を使おうとしたのは事実のようだ。

「ちょっとコツがあってな」

ジグは適当にはぐらかすと立ち上がる。

ゆっくりと近づくと正面からエルシアを見据えた。

「一度目は見逃したが、二度目はない。お前が冒険者でなければその首を叩き斬っているところだ。……表へ出ろ。少々痛い目にあってもらう」

「ちょっと待った」

流石にこれは止めないとまずい。

そう判断したアランがジグの前に立ちふさがる。

彼の視線が自分に向けられる。

背筋がわずかに冷えるのを感じる。

殺気とも違う、ただ排除すべき障害とだけ見ているとでも言おうか。

魔獣とも野盗とも違う視線に体が硬直しそうになる。

それに怯みながらも表には出さず視線を受け止めた。

「どいてくれないか」

「そういうわけにもいかない。どうにか話し合いで済ませられないか？」

「出会い頭に術を使って来ようとする相手に対してか？」

「君を嘘つき呼ばわりするつもりはないが、証拠もないんだろう？　そうなれば追われるのは君……ひいてはその雇い主のシアーシャさんだ」

「……」

彼女の名前を出すと流石にジグも止まる。

護衛が護衛対象を危険にさらす行動をとるのは本末転倒だ。

しかし害をなす可能性のある人物を放置するわけにもいかないのだろう。

止まりはしたが退いてもいない。

「君が彼女を見過ごせない理由も分かる。だからこそ、話し合いをする機会をくれないか？」

ジグは視線をこちらに向けたまま黙した。

その視線を逸らさずに見返す。

しばしの逡巡《しゅんじゅん》。

「……分かった。だが話し合いは不要だ。貸し一つ……その女がこれを飲むのならばこの場は退こう」

何とかジグから譲歩を引き出せたようだ。

アランがエルシアを見る。

彼女は未《いま》だに驚きから立ち直り切れていないようだが、首を縦に振った。

「……分かったわ」

ジグはエルシアの返答を聞くなり踵《きびす》を返した。

シアーシャがそれに続く。

こちらに振り返ると丁寧に頭を下げる。

「最後はバタバタしちゃいましたけど、今日はごちそうさまでした」

「ああ、これからもよろしく」

そうして二人は店を出た。

†

その背を見送るとアランは額の汗を拭った。

一触即発の事態は何とか回避できたようだ。
「まあ、彼も本気ではなかっただろうけど……」
それでも妙に背筋が冷えるのは気のせいだろうか。
自分の勘が正しければ、あの場をそのままにすれば血を見ただろう。
しかしジグはああ見えて慎重なタイプだ。
護衛対象を自ら危険に晒すような真似はしないはず。
ならばいったい誰が？
頭をよぎった人物をまさかと笑い飛ばす。
背後のエルシアを見る。
消沈したように椅子に座っている。
話しかけようと思ったが、今は一人にした方がいいだろう。
自分のテーブルに戻った。
「なんというか、すごい新人たちだったね。いや、彼は違うんだったか」
マルトが濁した表現をする。
気持ちは分かるが。
難しそうな顔をしたまま、酒を飲むライルに声を掛ける。
「で、どう思う？」

「……もうちょい事前に教えといてくれねえかなあ。そうすりゃもっと準備してきたものを」

「ごめん」

ライルはうちのパーティーの頭脳担当だ。

思慮深く豊富な経験を活かしてパーティーの舵取りをしてきた。

実際に会い、話してみることで彼の考えを聞きたかったのだ。

ライルの顔は渋いが、無理もない。

今まで見てきたどのタイプとも違う。

「男の方は仕事に忠実なタイプだな。多少頑固だが、その分信頼できる仕事をするだろう。……ただ必要とあれば迷いなく殺すんじゃねえかな。傭兵って本人は言ってたけど、俺からすると暗殺者に近いものを感じたよ」

ライルの人物評を聞いて腑に落ちるものがあった。

なるほど暗殺者とはよく言ったものだ。

「こちらから敵対しない限りは危険はない？」

「恐らくな。積極的に法を犯すようにも見えなかった」

「腕の方はどうだい？」

「……雑魚《ざこ》を散らしたのを見ただけだし、正確なところは言えないが、俺じゃ止められないだろうな」

「そこまでか……」

ライルの盾剣術は一流だ。

こと防戦に限って言えば、三等級とも張り合える。

だが彼が渋い顔をする理由は他にあるようだった。

「女の方なんだがな……分からねぇ」

「……と言うと？」

彼が分からないなんて口にするのは非常に珍しい。

共に食事をし、談笑をすればある程度の方向性を掴むのがライルだ。

それにジグならともかく、シアーシャさんが分からないというのはどういうことだろうと、アランは訝《いぶか》しんだ。

「見てくれや話し方だけで判断するなら、真面目でかわいい田舎娘って答えるんだけどな」

そう前置きをすると酒を呷った。

杯を下ろした彼の表情は暗い。

「深いんだよ。目が」

「深い？」

「あぁ……あんなに深い目は見たことがねえ。……見ていると吸い込まれちまうような感覚が襲ってくるんだ。腹の内が全く読めねえ……あいつはいったい何なんだ？」

その感覚を思い出したライルが背筋を震わせる。

こんな彼を見るのは初めてだ。

他の仲間も動揺している。

そういえば。

先ほど頭をよぎった人物も彼女だった。

一度は笑い飛ばしたが、今は……。

「一つだけ分かったことがある」

彼の言葉に頭に浮かんだ考えを振り払う。

ライルは確信に満ちた表情でアランに言った。

「あの女……シアーシャはどう転んでも、ジグにつくぞ」

†

夜道を二人が静かに歩いている。

二人の歩幅には差がある。

それでも二人の距離が離れないのは、ジグが合わせているためだ。

シアーシャはつい最近、それに気づいた。

今まで他人と歩くことなどなかったが、こういう気遣いは嬉しいものなのだと無邪気に笑う。

おもむろにシアーシャがジグを見上げた。

「私はあそこでやりあっても構いませんでしたよ？」

ジグはため息をつくのをこらえた。

シアーシャはジグが術を使われたことを口にした瞬間、他人に気づかれぬよう即座に術を組むとエルシアに狙いを定めていた。

彼とて本気でやりあうつもりはなかった。

ただ二度と妙な真似をしないように、脅しをかけるだけのつもりだった。

本音を言えばもう少し脅かしておきたかったのだが、シアーシャが臨戦態勢なのに気づいたため、切り上げざるを得なくなったのだ。

彼女は理性的ではあるが、些《いささ》か極端だ。

敵味方の判断が早すぎる節がある。

生い立ちを考えれば無理からぬことかもしれないが、世の中には敵とも味方とも言い切れぬ者が多くいる。

それら全てを敵に回していては体がいくつあっても足りない。

「せっかく冒険者業も上手《うま》くいっているんだ。今を大事にしよう」

「それもそうですね。……最近、毎日が忙しくて楽しいんです」

嬉しそうに笑って弾むような足取りで前に出る。

しばらく行くとターンをしてジグを見た。

「ジグさんはどうですか?」

月が蒼い瞳を照らす。

吸い込まれそうな深い瞳がジグを真っ直ぐに見つめた。

「そうだな……代り映えのしない戦場よりかは、やり甲斐のある仕事だよ」

満足いく答えにシアーシャが微笑む。

ジグの隣に並ぶと彼の腕に自分のそれを絡めた。

長い黒髪が靡《なび》くたびに腕に当たる。

上機嫌にそうしていた彼女は、ジグが考え事をしていることに気づいた。

「何か気になることでも?」

「うむ……あの眼帯の反応がどうにも、な」

魔術を使おうとしていたことを見抜かれた。

それに驚いたのは分かる。

しかしアランも言っていたように何の証拠もない。

開き直ってしまえば、いくらでも追及を逃れられたはずだ。

だというのにあの反応。

魔術に気づかれただけの反応にしては、大袈裟《おおげさ》過ぎないだろうか。

まるで見られてはいけないものを見られてしまったかのような……。

ジグの仮説を聞いたシアーシャが難しい顔をする。

「どんな術だったかは分かりますか？」

「いや、記憶にない匂いだった。だがそうだな……うまく言えないんだが、攻撃や防御といったものとは少し毛色の違うような匂いだった気がする」

「ジグさんが今まで見た術は攻撃、防御、治癒、強化……あとは隠密でしょうか？」

隠密といえば幽霊鮫だ。

もう朧気《おぼろげ》だが、青臭いような匂いだったはず。

エルシアの術は苦みの強いような匂いだった。

「どちらかと言うと、隠密に近いか……？」

「うーん……それだけだと情報が少なくて特定は難しそうですね……」

あの眼帯には妙なところが多かった。

それに何かが引っかかるのだが、その何かが分からない。

ジグはあの眼帯を要注意人物リストに加えることにした。

「ジグさん、私イサナさんの言っていた臨時パーティーっていうのをやってみようと思います」

先ほどのアランたちの会話を思い出したのだろう。

シアーシャがこれからの方針を語った。

「ああ、いいんじゃないか。この先他の冒険者と協力することも多いだろうしな」

パーティーまでは組まずとも、共闘することがあるのは今回の討伐依頼でもよく分かった。

いつまでも連携が取れないままではまずいだろう。

「当てはあるのか？」

「リスティさんに教えてもらったパーティーに会ってみようかと思っています」

彼女の話では女性の多い冒険者パーティーらしい。

現在八等級でシアーシャとも条件が合う。

リスティの紹介であれば素行の問題もないだろう。

臨時で組むにはうってつけだった。

シアーシャは少ししゅんとしてこちらを見た。

「それで、申し訳ないんですが……」

「ああ、俺は適当にやっているよ」

彼女の言わんとするところを察して返す。

臨時とはいえ護衛付きではパーティーに受け入れられるのは難しい。

「臨時休暇も悪くない。ただし帰還予定時刻を予め伝えておいてくれ。予定より大きく遅れるようなら捜しに行く」

「分かりました」

彼女の実力ならば滅多なことは起きないだろうが、万が一ということもある。

魔獣は未だに分かっていないことも多いため、不測の事態には常に備えるべきだ。

今後の予定を話し合いながら二人は帰路に就いた。

†

「……」

ギルドの食事処。その端にあるテーブル席で張り詰めた空気が両者の間に流れている。紅茶を淹れたカップはとうに冷めており、それが場の空気をそのまま表しているようだった。

真剣な、というよりはうまく動かない表情でシアーシャが向き合うのは、リスティが紹介してくれた臨時パーティーを組むことになった冒険者だ。

「ええっと……シアーシャさん、だよね？　リスティさんから聞いているけど、私たちと臨時で組んでくれるってことで間違いない……んだよね？」

気を遣うように話しかけたのはリンディアと名乗った、若い少女と言うべき年齢の冒険者だ。

彼女が他の仲間たちを代表するように話を進めようとしていた。

　来るなり緊張して固まったシアーシャへ困ったような苦笑を向けている。

「は、はい！」

　シアーシャはとても緊張していた。ジグと過ごすようになって多少は人付き合いも覚えたが、店員や受付嬢と話すのとはまた違った空気に動けなくなっていた。

　臨時とはいえ、これから仲間になるかもしれない人間とどう接すればいいのか分からず、身動きの取れないシアーシャ。

「ま、まあまあ落ち着いて。え、えーっと……自己紹介は、さっきやったよね……あれ、次なんだっけ？」

　彼女たちも彼女たちで、シアーシャの特異な雰囲気と同性ですら息を呑むほどの容姿に気圧《けお》されていた。慌てたようにカップを持とうとし、何もない空間を掴んで空ぶった手が泳いでいる。

「……ふふ」

　同じように戸惑っている彼女たちを見ると、自然とシアーシャの口元に笑みが浮かんだ。不思議な光景だと、そう思った。

　人種も年齢も生まれも常識も大きく違う。そんな両者が同じように、初対面の相手にどう接していいか分からず戸惑っている。それが無性に、可笑しかった。

この自分が。沈黙の魔女とまで呼ばれた自分が、人間と同じように戸惑っている。

「……今日のことを思い出して笑えるように、でしたか」

ひっそりと、周囲に聞こえぬよう口元だけで彼の言葉を呟く。そうするだけで体の硬直が解けていくのだから、なんとまあ自分の体は現金なものだ。

ゆっくりと目を閉じて、開く。

その時にはもう、普段通りの彼女がそこにいた。

「はい。普段は二人だけで仕事をしているので、複数人での冒険業もしてみたいと思っていたんです。よろしくお願いしますね？」

「…………あ、はい」

魔性。そう呼んで差し支えないシアーシャの微笑みに目を奪われたリンディアたちが呆けたように返事をした。

†

仕事に向かう人々が街を行き交う。

臨時パーティーとの顔合わせがあるというシアーシャを、ギルドまで送ったジグは街をぶらついていた。

護衛という立場上、自由に街を歩き回る時間があまりとれていない。

大雑把な地形の把握しか済ませていないため、こうした時間を有効活用する。

という建前の下《もと》、以前から目星をつけていた店を覗いていく。

主に魔装具を扱う店が目的だ。

魔具にも興味はあったのだが、魔力がないと発動できないとあっては仕方ない。

陳列されている商品を眺めていく。

「ほう、衝撃を与えると輝く篭手《こて》か。松明《たいまつ》代わりには使えるか……？」

実用性のない物も見ているだけで楽しいものだ。

今は懐も温かいので、何か買ってみるのもいいかもしれない。

意外と新しい物好きなジグは、今買えそうな値段帯の商品を探し始める。

ナイフや矢などの小物が多くある中に、毛色の違うものを見つけた。

「硬貨か？」

鈍い蒼色の硬貨が数枚並んでいる。

気になったので、近くにいた店員をつかまえて聞くことにした。

「こちらは蒼金剛《あおこんごう》を主原料にした硬貨になります」

「聞き覚えがあるな。確か魔力を分解するとかいう……」

以前シアーシャと魔具を見に行った時に、これを素材にした短刀を見たことがあった。

魔術を斬ることが可能という特性に惹かれたのだ。

しかし短刀では実用性が低く、使えるサイズにすると、とんでもない金額になるため断念したことがある。

「はい。これは遺跡から見つかったもので、過去これを通貨にしていた国があったようですね。魔術が効かない特異な性質から、偽造や隠蔽が難しく信用性が高かったと考えられています」

「今は使われていないのか?」

「昔ほど蒼金剛が取れなくなりましたので、通貨にするのは難しいですね。使われていたのも大昔の話でして。見事な意匠《いしょう》なので鋳《い》つぶしてしまうより、アンティークとして販売したいというのが店主の意向です」

確かにこの量を使ったとしても、短刀一本もできないだろう。

加工費も考えれば、わざわざ造るほどの物でもないということか。

「ふむ……三十万か」

同じ大きさの硬貨が三十枚ほどある。

一枚一万と考えるとなかなかに大きな出費だ。

「魔力を分解するとは、どの程度の規模なんだ?　実際にこれを当てるとどうなる?」

「そうですね……触れた部分の魔術が消失するとお考えください。攻撃術や防御術に穴をあけることができますが、小さな穴程度なら魔力を継ぎ足してすぐに塞がってしまいます」

そう上手い話はないか。

これで術を妨害できたらと思ったのだが。

「ですが」

諦めたところに店員の説明が続く。

「繊細で術式そのものを維持し続ける必要がある……例えば姿を隠すような類の術ならば、これに触れただけでも、大きく揺らいでしまうでしょうね」

「……ほう」

思わぬ情報にジグの頭が回転し始める。

術自体に穴をあけても、魔力を供給してしまえば終わり。

しかし術式に当てることができればその限りではない。

「つまり……術を組んでいる最中にこれをぶつけられれば、どうだ？」

ジグの問いに店員は顎に手を当てて考える。

「……いけるんじゃないでしょうか。蒼金剛を使った魔装具を造る際も、持ち手などは別の素材で作成されています。使い手の術制御を妨害しないためです。……ただサイズが小さいのと、常に持ち続けているわけではないため、ほんの一瞬、術を途切れさせる程度にしか使えないでしょうけど」

「一瞬あれば十分だ」

術の発動を嗅ぎとれるジグならば、有用な手段となりうる。

思わぬ収穫に笑みがこぼれた。

これだから掘り出し物探しはやめられない。

「これを貰おう。他に在庫はないか？」

「当店にある在庫はそれだけですが、お客様のご要望があれば取り寄せることも可能です」

当面はこれだけあれば十分だろう。

拾って再利用することもできるので、手持ちが少なくなってから頼めばいい。

本当なら使い物にならなかった時のことを考えて、一枚買って様子を見てから検討するべきだ。

しかしこの時のジグは、掘り出し物を見つけた喜びから、少し周りが見えていなかった。

彼の悪い癖である。

「とりあえずこれだけでいい。三十万だな？」

「毎度ありがとうございます」

代金を払い品を受取る。

アランからの報酬があるため、このぐらいの出費なら許容範囲だ。

蒼金剛の硬貨は硬度も十分にあるため、指弾にするのにうってつけだ。

「どの程度妨害するのか試しておかないとな」

後でシアーシャに付き合ってもらおう。
上機嫌で店を出る。
そこで見知った顔が遠くに見えた。
離れていても特徴的な髪色ですぐに誰か分かった。
イサナが白い髪を揺らしてしきりに周囲を見回している。
誰かを捜しているようだ。
「……」
面倒ごとの気配を感じたので見なかったことにした。
触らぬ神に祟りなし。
耳のいい彼女を考慮し心の中だけで呟いておく。
ジグはその巨体からは想像もつかぬほど静かに、そして素早くその場を去った。
「ちょっと、なに人の顔見て逃げてんの」
「……ぬぅ」
しかし巨体は巨体。
如何《いか》に静かに動こうとも目立つことに変わりはなかった。
あっさり見つかってしまったジグは、観念してイサナと向き合う。
彼女はどことなく焦っているようで、しきりに耳を動かしている。

「何か用か？　見たところ、誰か捜しているようだが」

「ええ、そうなの。うちの子を見かけてない？」

予想外のことに思わず固まる。

反応のないジグに怪訝《けげん》そうにするイサナ。

硬直から復帰して絞り出すように何とか口を開く。

「お前、子供いたのか……」

「……言葉が足りなかったわ。私じゃなくて部族の子供」

「そういうことか」

思わず冷や汗が滲んだ額を拭う。

誤解が解けると、イサナの捜し人について気になったことを尋ねる。

「迷子か？」

「……ちょっと、込み入っていて」

ジグの質問に答えづらそうにする彼女。

その表情を見て、事はそう単純なことではないと悟った。

「そうか、悪いがそれらしい人物は見ていないな。では用事があるのでこれで」

「待ちなさい」

面倒ごとを察して逃げようとするが、彼女は最初から逃がすつもりがなかったようだ。

がっちりと腕を掴まれる。

魔力で強化しているためか、容易には振りほどけぬ力だ。

「今日はあの娘もいないし空いてるんでしょ？　仕事の依頼をしたいのだけど」

「……冗談ではない。依頼とはいえ迷子捜しなどやっていられるか」

金次第で何でもやるとはいえ限度はある。

腕っぷしが役に立たない以上、人捜しならば適任がいくらでもいるだろうに。

「憲兵に頼め。人捜しなんて腕力より人海戦術あるのみだろう」

「……異民族の頼みなんてまともに聞いちゃくれないわ」

ジグの正論に彼女は苦虫を噛み潰したように吐き捨てた。

「……冒険者、それも二等級だろう？」

「そんな肩書が通じるのは、ギルドや国のお偉いさんだけ。街の人間からするとそんなの関係ないわ。表面だけ愛想よく対応しても、誰も本気で捜しちゃくれないの」

イサナは今までに何度も同じことを味わってきたのだろう。

そこには怒りや憎しみではなく、ただただ諦観《ていかん》のみが張り付いていた。

この国の異民族問題は表面化していないだけで、根深いようだ。

しかしそれならばギルドの連中に頼ればいいはずだ。

それをせずにわざわざ自分のところに来た。

その意味を考えると――。

「ギルドには頼りにくい……マフィア関係か？」

「……っ」

当たりのようだ。

ただマフィアがイサナに手を出してきたのならば返り討ち。

しかもギルドを敵に回すことになる。

如何に二大マフィアとはいえそれは分が悪い。

しかし今回彼らが手を出したのは異民族の子供だ。

民間人の保護は憲兵の仕事。

だが被害にあっているのが異民族とあっては動きが鈍い。

ギルドも身内に手を出されたわけでもないから、動きにくいのだろう。

「いや……動きたくない、か」

民族問題に関わりたくないのはどこも同じのようだ。

血の繋がった子供でもないから、身内に手を出されたと動くわけにもいかない。

下手をすれば冒険者にギルドから関わらないように指示が出ている可能性すらある。

「今回はギルドも当てにできない……お願い。依頼料ならいくらでも払うから」

「……場合によってはマフィアと対立しかねない案件だ。俺だけならばともかく、護衛対象もいる身でそこまでのリスクを負うわけにはいかない」

「顔はバレないように覆面をつければいい。武器が目立ちすぎるなら、こちらで代わりの物を用意する」

徐々に断る理由を潰されていく。

やがて言い訳が思いつかなくなったところで、重いため息をついた。

「言っておくが、高いぞ」

「……いいの？」

諦めるようにジグがそう言うと、イサナは目を瞬かせる。

引き受けてもらえるとは思っていなかったのだろう。

「断ってあのことを言いふらされても面倒だ。多少恩を売っておくのもいいだろう」

肩を竦《すく》めてそう嘯《うそぶ》くジグにイサナが姿勢を正す。

胸の前で拳を掌で包むようにして礼をする。

しなやかで美しい動作だ。どのような意味を持つかは分からないが、仕草や表情から最大級の謝意を感じる……そんな動作だった。

「部族を代表して、御身の助力に感謝を」

二章　よそ者と変化

WITCH AND MERCENARY

場所を変えるというイサナの提案に頷いて、彼女の後を追った。

大通りを外れ、裏路地を進む。

道すがら大まかな事情を聴いていく。

「状況はどうなっている」

「数日前から、子供が家に帰ってこないという報告が多数上がってきているの。その数三十余名」

「迷子、というには多すぎるな」

「ええ。十中八九攫《さら》われた」

「目撃者は？」

イサナは首を振った。

「……それがいないの。一人も」

ジグはそれを聞いて眉をひそめる。

三十人以上が消えていて、目撃者がいないというのはおかしい。

それも外部の人間がいたのならば、少なからず目立つはずだ。

となると真っ先に疑うべきは。

「内部犯の可能性は？」

「まずないと思っていい。私たち……うちの達人の恐ろしさをよく知っているから」

「マフィアに唆《そそのか》されたらどうだ？」

「私たちを追い出したがっているのは、他ならぬマフィアだよ？　金に釣られたとしても、後のことを考えればそんな選択はできないと思う」

道理だ。この街で移民が、それもジィンスゥ・ヤが一人で生きていくことは、相当な困難を伴うだろう。

金の問題ではない、どころか金がある方が危ない。

しかしそうなると誰がやったのだろうか。

疑問を抱えたまま裏路地を進む。

やがてだんだんと周囲の様相が変わってきた。

汚い道はそれなりに掃除され、廃墟ではなく住居と呼べるほどの建屋が多く立ち並ぶ。

皆身を寄せ合い、所狭《ところせま》しと建てられている。

しかし人通りは少ない。

男がまばらにいるぐらいで、女子供は全く見かけない。

それを疑問に思っていると、イサナが説明してくれる。

「今は皆、家から出ないように指示が出ているの。これ以上犠牲を出さないために。犯人を捜しやすくする意味もあるけど」

目的地は奥のようだ。

足早に進む彼女についていく。

ジグは自分に視線が向けられているのを感じた。

家に籠っていると思《おぼ》しき住民からだろう。

この状況下で見慣れない人間がいれば、注目されるのも仕方がない。

視線には警戒の色が感じ取れた。

それらを無視しつつ進むと、比較的大きな家が見えてきた。

豪勢というわけではないが、独特の装飾が嫌味にならない程度に施されている。

相応の立場の者が住んでいるのだろう。

ここが目的地のようで、イサナは迷いなくその建物に入っていく。

中には数人の男たちがいた。

一様に耳が長い。

皆がこちらを見ているが、特にジグへ強い警戒を示している。

「族長、ただいま戻りました」

イサナがその中でも最も年嵩《としかさ》の老人に頭を下げる。

族長と呼ばれた老人は重苦しく頷くと、楽にするように身振りで促した。

「御苦労だったイサナ。何か手掛かりはつかめたかの？」

「……申し訳ありません。未だ子供たちの行方は分かっておりません」

族長は色よい返事を聞けずに肩を落とすと、視線をイサナに向けたままジグのことを尋ねる。

「そうか……して、そちらの御仁は？」

「協力者です。此度《こたび》の事態解決を依頼しました」

「冒険者……ではなさそうじゃな。あやつらが我らの問題に介入してくるとは思えん。其の方、何者じゃ」

族長がジグを見やる。

シワの刻まれた顔が向けられ、値踏みするように目を細めた。

「ジグ。傭兵だ」

傭兵という言葉を聞いた男たちの警戒が強まる。

こちらでの傭兵が、ゴロツキや半グレと大差ないような存在である以上、当然の反応といえる。

しかし族長は男たちとは違い何の反応もせず、ただ静かにジグを見据えていた。

「……そうか。ご助力、感謝致す」

「族長、恐れながらどこの馬の骨とも知れないやつに協力してもらうのは反対です」

周囲の男たちがすかさず異論を唱えた。

今までの経験からか、外部に頼ることに抵抗があるようだ。

「此度の問題は自分たちで何とかしてみせます」

「それが出来ぬと判断したから、イサナが連れてきたのであろう」

「しかし……」

「弁《わきま》えろ」

なおも食い下がろうとする男たちを窘める。

老いてなお鋭い瞳に射抜かれて男たちが委縮する。

「うちの若い者が失礼した。……子供たちをよろしく頼む」

族長がゆるりと頭を下げた。

「承った」

「詳細を後程伝えに行かせる。イサナ」

「はっ。失礼します」

礼をして踵を返すイサナ。

ジグも族長に目礼して後に続く。

男たちの視線は、警戒を通り越して敵意すらまといつつあった。

「族長はともかく、まあ予想通りの反応かな」

外に出たイサナが、歩きながら先ほどの男たちにため息をつく。

「気を悪くしないでね。彼らも居場所を護るために必死なんだ」

「興味がない。そんなことより、どうする？」

あまりにも素っ気ないジグに苦笑いをするイサナ。

「とりあえずご飯にしましょう。待っていれば族長が事情に詳しい者を寄こすから」

「場所の指定等はしていなかったようだが」

「ここをどこだと思ってるの？」

彼女は得意気にしている。

この中でのことは、すべて手に取るように分かるとでもいうようだ。

彼らの本拠地なのだから当然ともいえるか。

食事を済ませておくのは賛成だ。

食べられる時に食べておくに越したことはない。

彼らの食事に興味もある。

彼女の案内で適当な飯屋に入る。

こんな状況なので客は少ない。

空いている席に座ると店員に注文をする。

「あなたは何を……というか、分かる？」

「彼女と同じものを頼む」

「……すぐお持ちします」

ぶっきらぼうな店員が厨房に下がる。

品書きを見てもまるで分からないが、よくあることなので気にしない。

戦争で各地を回っていた頃は、料理の名前などまで覚える余裕がないため、他の客が食べているものを指さして注文することが多かった。

偶《たま》に、一切情報を仕入れずギャンブルのようにあてずっぽうに注文したこともあったが、大抵ひどい目に遭うため、今回は自重する。

油をよく使う店なのだろう。

店内は香ばしい香りに満たされている。

待つことしばし。

店員が奥から皿を持ってくる。

「私たちの料理は、一品で済ませずに小皿で数種類の料理を食べるのが一般的なの」

「色々楽しめていいじゃないか」

ジグたちの前に料理が置かれた。

しかし同じものを頼んだはずなのに、二人の料理は違った。

イサナは小海老の素揚げ。

ジグには——芋虫の素揚げ。

「っ！」

瞬間、イサナの目が鋭く細められる。

「これは、なんの真似？」

静かだが怒りを隠そうともしない。

店員は実力者の怒気に怯えながらも睨み返した。

「……余所者《よそもの》にはそれがお似合い」

イサナは迂闊《うかつ》だったと舌打ちしたくなるのをこらえた。

この街の人間が異民族を嫌うように。

異民族の中にもまた、街の人間を嫌悪しているものが多い。

それ自体を責めることはできないが、今回はイサナたちが頼んでいる立場だ。

明確な侮辱《ぶじょく》を見過ごすことはできない。

「この……」

「おいおい、何が気に入らないんだ？」

ジグがイサナの態度に驚いたように言う。

彼女はジグを振り返った。

「何って、あなた……え？」

「？」

ジグは困惑したように料理をポリポリと食べている……芋虫の素揚げを。

「……うっわ」

店員が若干引いている。

「お前な、いくら気に入らない料理が出たからって、そこまで怒らなくてもいいだろう……恥ずかしいぞ」

「え、いやそうじゃなくて……あなたそれ、芋虫だよ……？」

「見れば分かる」

「……平気なの？」

「うまいぞ？」

そう言ってまた一つ口に放り込む。

味わうように咀嚼《そしゃく》している姿からは、強がりや躊躇《ためら》いなどは見受けられない。

確かにイサナたちの部族に虫食はあるにはある。

しかしそれは随分昔のことで、今でも食べるのは一部の老人だけだ。

基本的にゲテモノ扱いで、店でもたまに若者が度胸試しや罰ゲームのために食することがある程度。

　無論、街の人間は食べることはおろか食料と認識してもいない。

「調理するとこうも味が違うものか」

　外はカリッと、中はクリーミー。

　程よい塩加減と胡麻油の香りが効いていて手が止まらないと、次々平らげていくジグ。

「……〝調理すると〟？」

　しかしイサナは聞き逃せない言葉に鳥肌が立つのを感じた。

　自身の聞き間違いかもしれないと恐る恐る確認する。

「ああ。戦が長引いて食料も尽きたときに世話になったことがあるんだ。なるべく毒のなさそうな色をしたやつをつかまえてな」

「……火は通したのよね？」

「待ち伏せしているときで、火を使うわけにもいかなくてな。――そのまま踊り食いだ」

「……」

　怒りと食欲が急速に失われていくのを感じる。

　既に店員は声も出ないほどドン引きだ。

　ジグは嬉しそうに店員に声を掛ける。

「この分なら他の料理も期待できそうだ。楽しみにしているぞ」

「……そ、そう」

何とかそれだけ返して奥に戻る。

店員もそれで敵意を失ったのか、その後はゲテモノもなく普通の料理が粛々《しゅくしゅく》と出てきた。

ジグは満足気に、イサナは長い耳をへたらせ、無理矢理胃に押し込むように食事を続けた。


「よろしいですかな？」

二人が食後のお茶を飲んでいると、男性が話しかけてきた。

髪を後ろに撫《な》で付けたこれといって特徴のない男だ。

細い目で微笑みながら礼をする。

「族長より頼まれて詳細な情報をお伝えに参りました」

思ったより遅かった、というよりも、こちらの食事が終わるのを待っていたのだろう。

先程から見られている気はしていたが、この男のようだ。

イサナも気づいていたようで、さして驚きもせずに応対する。

「シュオウか。ただの伝達役にあなたが来るなんて随分と大袈裟だね」

「それも族長の御意向なれば。……ふむ、そちらが？」

シュオウと呼ばれた男がジグを見る。

「ええ、傭兵のジグよ」

「……傭兵とは、また珍しい人選ですね」

「腕の方は保証する。……で?」

探りはいいから続きを話せと促す。

シュオウは咳払いをすると、事件の起きた場所や推定時刻を説明した。

「事件が起きるのは、決まって夜から早朝にかけてです。気が付くと姿がなくなっていて捜しても見つからない。それらしい人影や怪しい人物の目撃情報もありません」

「隠密に長《た》けた……いやそれでも無理があるかな。これだけ多くの子供を攫っておいて、誰にも見られていないのは物理的に不可能だと思う」

「同意見です」

如何に姿を隠すのが上手くとも、人の目を掻い潜るのには限度がある。

しかし被害者が一人や二人ならともかく、数十人に及んでいる。

何か普通とは違う手段を使っているはずだ。

「気になっていたんだが、他の達人とやらはどうしたんだ?　そいつらにも意見を聞きたい」

「それが、他の方たちは今ほとんど留守にしているのですよ。出稼ぎに出ていまして」

「出稼ぎ?」

この街は十分に大きい。

わざわざ他の町に行ってまで仕事をするのは妙な話だ。

ジグの疑問を察してかシュオウが苦笑いする。

「うちの腕利きたちは皆曲者揃いでしてね……イサナ様のように街に馴染んでいる方は少数派なのです」

「定職に就いてるのは私と、もう一人くらいかな」

「あの方もかなり問題がありますが……とまあ、そういうわけで今頼れるのはイサナ様だけなのです」

「ふむ……」

シュオウからの情報を頭の中でまとめる。

いくつか気になる点を繋いでいくと、やはり頭に浮かぶのは。

「話を聞く限り、犯人の手際が良すぎるな。そっちの腕利きがいないのは偶然か？」

ジグの指摘に二人が渋い顔をする。

「……内部犯はないと、信じたかったのですがね」

「……」

彼らは故郷を離れ流れ着いてきた。

周りがほとんど敵に近い中で、唯一味方である身内の犯行を認めがたいのは仕方のないことかもしれない。

とはいえ、そのあたりの事情に踏み込む気はない。

自分は頼まれた仕事をこなすだけだ。

「周辺の地図をくれ」

「……何か、気づきましたかな？」

「いや、そういうわけではない」

シュオウから地図を受け取ると事件のあった場所と、周辺の地形を見比べる。

張り込んで事件の現場を押さえるような真似をしていれば、いつまでかかるか分からない。

「目的を犯人の確保から、子供の救出に重点を置くだけだ」

「どういうこと？」

「子供を攫う目的は何だと思う？」

「人質、ではないでしょうか？」

「三十人もか？　それにまだ何の要求も来ていない」

人質を管理するのは面倒だ。

飯も食えば糞もする。

殺すわけにもいかないので、ある程度の面倒を見てやらなきゃいけない。

国同士の交渉事ならばともかく、人質は高品質で頭数を少なくが鉄則だ。

ジグの説明に二人が生理的な嫌悪感を示すが、そんなことはお構いなしに続ける。

「恐らく狙いは子供そのものだ。つまり人身売買」

「そんな……いや、しかし……」

「私たちを狙うのはリスクが大きすぎない？」

確かにジィンスゥ・ヤは達人を多く有し、マフィアでもおいそれと手を出せない。

報復を考えればまず選択肢からは外れる相手だろう。

だがそれは腕力のみを見ればの話。


「お前たちは弱いからな」


その言葉を聞いた二人の動きが止まる。

少ししてシュオウが笑い出した。

「はっはっは。いや、面白いことをおっしゃる。弱い、などと言われたのは初めてかもしれません」

口調こそ穏やか。

だがシュオウのわずかに開いた目からは、危険な色が滲み出ていた。

イサナにこそ及ばないがこの男も紛れもない実力者だ。

「……確かにあなたは強い。だけど私たちを弱者と侮《あなど》れるほどの力量差かな？」

眉間をわずかに痙攣《けいれん》させている。

自らの腕を頼りに生きていた彼らには、耐えがたい侮辱のようだ。

「現にこうして自分たちで何とかできずに余所を頼っているだろう。本来こんなに沢山の行方不明者が出れば憲兵、国が黙っていない」

「それは……」

彼らが国や国家権力に類するものに頼れないのは仕方がないことだ。

しかし相手にはそんな事情など関係ない。

「要するに、誰がやっているのかが明確にならない限り、何をしても構わない相手だと思われているわけだ。お前たちは」

はっきりとした証拠もなく、報復をすればそれこそ憲兵が出てきてしまう。

腕力で及ばないのならそれ以外を使う。

それだけのことだ。

「腕は立つが、多少見た目や生まれが違う程度で迫害され、危険視されるお前たちを弱者と呼ばずしてなんと呼ぶ？」

「くっ……」

言い返す言葉が見つからずにシュオウが下を向く。

イサナは悔しげにしつつも黙ったままだ。

冒険者として成功している彼女は、ジグの言っている意味をよく実感しているのだろう。

「話を戻すぞ。目的が人身売買であった場合、〝商品〟を保管しておくのにそれなりの場所が必要になる。周囲に声が聞こえないほどの加工か、距離もいるだろうな」

「……攫った端から売ればいいのでは？」

切り替えたシュオウが疑問を挟む。

「高額の一品物でもない限り、手間やコストの面から見ても、商品はまとめて発送が基本だ。物と違って素直に従うとも限らないしな。ある程度まとめて荷馬車などに積み込むはずだ」

「なるほどね。だから場所か」

「そういうことだ。この辺りに人が住んでなさそうな建物と、そこに出入りしている人間がいないかを調べてくれ」

シュオウは頷くと足早に去っていく。

相手はジィンスゥ・ヤをも欺《あざむ》く玄人《プロ》だ。

犯人を見つけるよりも、子供を見つける方が圧倒的に難易度が低い。

バックにいるのは十中八九マフィア。

子供がマフィアの拠点に連れていかれていたら意味がないが、その可能性は限りなく低いだろうと考える。

彼らが最も恐れるのは、自分たちと誘拐を結び付ける証拠が見つかることだ。

そうなれば、如何に異民族といえど憲兵が動く。

イサナたちがヤケを起こして突入して来ても、問題ないように処置をしているはずだ。

「そうなると下手人も雇われた可能性が高いな」

トカゲの尻尾切りに、ゴロツキや浮浪者を幾重にも通した依頼かもしれない。

ジグがあれこれ思索を巡らせていると、イサナがジト目で見ていることに気づいた。

「あなた、妙に詳しいね……まさかとは思うけど、やってたとか？」

「そいつらがらみの依頼を受けることもあっただけだ」

護衛であったり、標的であったりと様々だが。

説明に納得したのかジト目をやめる。

「あなたが思ったよりずっと裏よりの人間で助かったわ。まさかこんなに早く対応するなんて」

「まだ憶測だけでなんの証拠も挙がってないがな。それにこれぐらい、俺のいたところでは常識だ」

むしろマフィア側が恐れていたというジィンスゥ・ヤが、想像以上に裏慣れしていないことに驚いた。

なまじ腕が立つ分、暴力に屈することなく自分たちの流儀を通してこれたのだろうか。

しかし腕だけで何とかなるほど世の中甘くはない。

実際マフィアたちも、ジィンスゥ・ヤの足場が弱いことに気づいたからこそ今回のような手段に出たのだ。

「イサナよ」

「ん？　なに」

呑気に茶をすする彼女に声を掛ける。

「今回の件、無事に片付いたとしてもまた次が来るぞ」

「……分かっているわ。搦《から》め手に弱いと知られた以上、これだけで済むはずがない」

こちらの言わんとしていることに彼女も気づいているようだ。

「……私たちも、変わらなくちゃいけないのかもしれない」

†

報告を待つ間、ジグの代わりの武装を用意することにした。

イサナに案内され外れにある物置へ行く。双刃剣は非常に目立つ。マフィアに特定されないためには必要なことだ。

「好きに選んで。壊さないでよ？」

「努力する」

中に入ると手ごろな武器を物色する。

彼らの武器は、意匠や造形がこの街で見るものとは異なる。

イサナの持っている、刀と呼ばれる武器にも惹かれるが、アレは見たところかなりの練度を要求する武器だ。扱いきれないものを持っていてもしょうがない。

ジグは、扱い慣れている槍が立てかけてある所へ向かった。

剣や鎧などと違い、槍は彼の見慣れた形をしている。

どの国でも槍というものに求められる役割は同じようだ。

「……これは、槍とは少し違うようだが……グレイブか？」

いくつか目星をつけている途中、気になるものを見つけた。

槍の穂先に刀がついている。

「これは薙刀《なぎなた》。用途としてはグレイブとほとんど同じかな」

ナギナタと呼ばれるそれを手に取ってみる。

双刃剣ほどではないがかなりの重量だ。

片刃ではあるが斬撃もできるのは悪くない。

「これは頑丈か？」

「……材質的にはあなたの武器より上だけど、強度は少し劣ると思う」

刀は斬ることに特化した武器で剛性もかなりあるが、叩きつけることを主目的にしたものではない。

「全力で叩き潰すのは控えた方がいいかもね」

「それだけあれば十分だ。本気で叩きつけて無事だった武器は今までない」

「……高いんだから、くれぐれも壊さないように」

「善処する」

ともかく武器は決まった。

イサナの疑いの視線を浴びながら今後のことを考える。

仮に子供を見つけたとしても、穏便に事が進むことはないだろう。

見張りも当然あるだろうが、子供を連れて目立たずに移動するのは不可能だ。

相手が大人しく見ているはずもない。

戦闘になった際に子供を狙われると非常にまずい。

数が多いため守り切るのは困難だろう。

かといって大人数で押しかければ発見されるリスクも高まる。

子供が人質にされるという最悪の展開は避けねばならない。

「そういえばもう一人腕利きがいるんだったな。そいつに協力は頼めないか？」

もう一人、手があるだけで大分違う。

しかしそれを聞いたイサナは渋い顔を浮かべた。

シュオウも言っていたが、かなりの問題人物のようだ。

「あいつか……まあ、協力してくれるとは思うけど……」

「問題があるのか？　一応仕事をしているんだろう」

「……あいつの仕事は、賞金稼ぎ。人狩りよ」

彼女たちが言い渋る理由はそれか。

敵対した相手を殺すのではなく、稼ぐために殺す。

武人気質の強いイサナたちからすると、問題児のように見えるのも致し方ない。

「なんだ、俺と同じじゃないか」

人を殺して稼ぐことに忌避感を感じるのは分かる。

しかし数多くの命を奪ってきた傭兵のジグに頼っている以上、今更というものだ。

「それは……確かにそうなんだけど。彼の場合、その……殺しを、愉《たの》しんでいる節が見受けられるの」

彼女の気にかかる部分はそこのようだ。

「殺される側からすれば楽しもうが苦しもうが差はない。腕は確かなんだろう？」

一般の人間に矛先を向けていないのなら、個人の嗜好などどうでもいいというのがジグの考え方だ。

「……ええ。まだ若いけど、間違いなく天才」

「十分だ。協力を要請してくれ」

「どうなっても知らないよ……」

人手の問題も何とかなりそうだ。

後はシュオウの連絡を待つだけになった。

手にした薙刀を見る。

近頃は双刃剣ばかり振るっていたので、鈍《なま》っているかもしれない。

ちょうど腕のいい剣士もいる。

「長柄を使うのは久しぶりだな。イサナ、慣らしに付き合ってくれ」

「ええ、いいわ」

新しい武器に慣れておくべくイサナに手合わせを申し込む。

彼女も二つ返事で請け負うと場所を変えるため移動する。

しばらく行くと広めの庭がある建物が見えてくる。

そこでは男たちが一心不乱に剣を振り、打ち合っていた。

訓練場のようだ。

「練度が高いな」

ざっと見渡しただけでも実力者がそこかしこに見受けられる。

皆自分の腕に自負を持っているのだろう。

訓練に籠める熱量も高い。

マフィアが手を焼くのも当然というものだ。

「まあね。自分の腕だけが頼りだから」

イサナも誇らしげに耳を立てている。

訓練を見ていた男の一人がイサナに気づいて駆け寄ってくる。

「イサナ様。お戻りになっていたのですね」

「今日戻ったところ。端の方、使わせてもらうね」

「勿論でございます。……もしよければ、皆に見せていただいても？　良い刺激になりそうです」

「えーと……」

ジグを窺うようにイサナが見てくる。

構わないと頷いて見せる。

「いいよ。あまり騒がないでね」

「ありがとうございます」

男は頭を下げると周囲の者へ声を掛け始めた。

それを尻目に、二人は端の方へ行くと距離を取って対峙する。

彼女はここでも有名なようで他の武芸者が興味津々だ。

訓練を中断し観戦し始める者も出てきた。

「お手柔らかにな」

「冗談。皆が見ているのに無様なところは見せられない」

「おいおい……」

彼女は既に臨戦態勢だ。

軽く慣らす程度のつもりだったのだが、それでは済まなそうだ。

構える二人に、先ほどの男が気を利かせて立会人を務めてくれる。


「いざ、尋常《じんじょう》に」


イサナは腰に収めた刀に手をかけ。

ジグが薙刀の柄を持ち、空いた片手を中ほどに添える。

立会人が、それぞれが準備を済ませたのを確認する。

一拍の後、挙げていた腕を下ろした。


「始め」

合図とともにジグめがけて距離を詰める。
ただ走るのではない。
前傾になり、膝の力を抜く。
前へ倒れこむ勢いを利用して滑るように移動する。
脱力をキモとした抜重歩法。
予備動作が読めず、素早く、体力の消耗を抑えられる高等技術。
それを用いて距離を詰める。
「っ！」
だが間合いに入った瞬間、凄《すさ》まじい突きが迫りくる。
咄嗟《とっさ》に右に回避。
しかし追撃はこない。
ジグは距離を取るとこちらの出方を見ている。
まさか、間合いを完璧に読まれるとは。
あの歩法に加えて脚の動きが分かりにくい服装。
そう易々と見切れるものではない。
近頃あの男の視線が、こちらの足元に向かうことが多いのは感じていた。
年頃の男ならしょうがないと思っていたが、まさか歩幅を計っていた……？

「本当、油断ならない」
しかしこれだけが手札だと思ってもらっては困る。
リーチは圧倒的にこちらが不利。
まず懐に入らねば。
再び走る。
間合いに入るまで三歩。
一歩、まだ動かない。
二歩、わずかに持ち手が動く。
三歩、腕がかすむほどの速度で薙刀が突き出された。
「シッ！」
とてつもなく重い刺突を、刀は抜かずに鞘ごと柄で打ち上げて穂先を上に逸らす。
如何に槍の達人といえど、突いた得物は戻さねば突けぬのが物の道理。
回避ではなく、最小限の動作で弾くことで薙刀を引くよりも早く距離を詰める。
抜いている暇はない。
打ち上げた勢いそのまま、鞘に納められたままの刀でジグを突く。
持ち手を放し手甲で弾かれる。
弾かれた刀を体ごと回転させ横薙ぎに振るう。

勢いで鞘から抜き放たれた刀身が、縦に構えた薙刀に防がれた。

刀身を上に滑らせて武器を持つ指を狙う。

「おっと」

ジグが咄嗟に手を放す。

そのまま上に振り抜き刃を返して上段からの兜《かぶと》割り。

ジグはこれを勢いが乗り切る前に横に構えた薙刀で防ぐことで凌いだ。

鍔《つば》迫《ぜ》り合いでお互いの視線が交わる。

「やるな」

「あなたこそ、本当にブランクあるの？」

瞬発力ならともかく力で勝ち目はない。

徐々に押し込まれるのに必死で対応する。

「この……っ!?」

一際《ひときわ》気合を入れた瞬間。

ふっとジグが力を抜いた。

当然こちらの刃が前に出る。

しかし急な体勢変化に対応できず乗り出してしまう。

ジグは腰を落としてこちらの重心の下に潜り込んだ。

武器は交えたまま、しかし刀が薙刀の上をすべる。

体をひねりながら勢いを利用して、半円を描くようにジグがイサナを投げ落とす。

体を掴まず、武器を合わせる力をいなした〝合わせ投げ〟と呼ばれる技法だ。

「くっ！」

勢いに逆らわず自分から飛ぶ。

そのまま距離を取り、受け身でダメージを殺す。

ジグは相も変わらず待ちの姿勢で構えている。

あのまま叩きつけられていたら、少なくないダメージと共に行動不能にされていただろう。

双刃剣の時とは違い、隙を窺いこちらの防御を崩す巧妙な戦い方だ。

「……芸達者な奴」

汚れた衣服を気にもせず、イサナが獰猛《どうもう》に笑った。

初めて戦った時の粗末な鉄製武器と違い、まともに打ち合える武器を使っているのもあって力量差が如実に表れている。

剣の腕のみで上回りたかったが、そうも言っていられないようだ。

特製の強化術を体に馴染ませていく。

慣らしという建前上、全力でやるわけにはいかないが、奥の手以外なら出しても構わないだろう。

攻撃術はいまいち制御に難あり。

防御術に至っては壊滅的なセンスのなさを発揮したが、強化術にだけは高い適性があった。

その適性を活かして自分なりにアレンジした雷装強化術。

並の強化術とは強度も効率も段違いだ。

体から雷がわずかに零れ落ち、翠《みどり》の瞳が仄《ほの》かに光る。

〝アレ〟よりは出力を落としている分マイルドだが、持久力はこちらの方が上だ。

以前使った奥の手に似た強化術に、ジグの表情が引き締まる。

「……張り切りすぎじゃないか？」

「自覚はある」

同年代で本気でやりあえる相手なんて初めてだ。

楽しいという気持ちと、負けたくないという気持ちが同時に持ち上がっている。

「ここからが本番だよ」

右足を一歩後ろに下げて半身になる。

剣先を後ろに、刃筋を右斜め下に。

脇構えと呼ばれるこの構え。

間合いを計りづらくする他、狙いを読みにくくする利点がある。

また半身に構えていることから、回避行動もとりやすく後《ご》の先《せん》に向いた構えだ。

後方に構えているため遠心力を乗せやすく、抜刀術ほどではないが威力もある。

刀身の長さは既に知られているので奇襲の意味は薄いが、間合いの差から先手を取られる現状には最適。

イサナは慎重に相手を探る。

ジグは深く構えているわけでもないのに、隙が見いだせない。

長柄武器を使っているにもかかわらず、重心が非常に安定しているため、揺さぶりも効きにくいだろう。

こちらの武器は速度。

以前の打ち合いでは、こちらの速度に相手の対応が間に合っていなかった。

今回も同じように行くと考えるのは楽観が過ぎるが、長所を生かさないのもまた悪手。

頭の中で攻め筋を構築する。

「……良し」

腹を決めた。

全力でぶつかるべく、丹田《たんでん》に力を籠める。

汗が額を伝う。

ジグが呼吸を吐いた瞬間。

その間隙を狙い動く。

「……なんと、凄まじい」

先ほどとは段違いの速度に、周囲が目を見開く。

若くして才を磨《みが》き、部族の誇りともいえる達人にまで至ったイサナ。

剣の申し子とまで言われる彼女の本気。

男たちはその一端に触れて興奮すら覚えた。

「……！」

神速の踏み込みにジグの攻撃が遅れる。

速度を緩めぬまま上体の動きだけでそれを躱《かわ》す。

僅《わず》かにタイミングのずれた突きが髪を掠《かす》めた。

「シッ！」

後ろに構えた刀を逆袈裟に斬り上げる。

完璧なタイミング。

回避不能と誰もが思った。

「ふっ！」

胴を狙った斬り上げは、戻した薙刀に防がれた。

「なっ!?」

会心の一撃を防がれ動揺するイサナ。

馬鹿な。

引きが間に合う速度ではなかったはず。

いったいどうやって。

実はジグが先ほど放った突きはフェイントだった。

力はほとんど籠めておらず、いつでも防御に移れる程度の攻撃しかしていなかったのだ。

今までの突きとは音からして違っていたのだが、踏み込みに集中しすぎていたためにイサナはその違いに気づけなかった。

タイミングがずれたのではなく、彼女にそれを気づかせないために引き付けてから攻撃したのだ。

突進の勢いを乗せた斬り上げを、後ろに流すようにいなす。

「く……！」

つんのめる体をなんとかとどめるが、自らの速度が仇《あだ》となり即座に行動とはいかず、一瞬の間が出来てしまう。

その間を見逃してくれる相手ではない。

縮んだ距離を離さず、柄を横薙ぎに叩きつけてくる。

まだ戻りきっていない体勢で受け流す。

距離が近く満足に勢いが乗せられていないため防げた。

しかし体を回転させ流れるように薙刀を叩きこんでくる。
「舐めるな！」
それを捌《さば》きながら逆に斬り返す。
至近距離は薙刀の間合いではない。
近づかれた際に対処する技はあるが、それでも得意距離ではない。
あえてその間合いで戦い続けるとは、こちらを侮っているのか。
怒りと共に一刀を繰り出す。
ジグはそれをゆるりと躱すと、後ろに下がった。
「逃がさない！」
今さら下がろうとしてももう遅い。
追いすがるように距離を詰めて横一閃。
ジグは身をかがめながら一回転しさらに下がる。
しかし下がるのと進むのでは、後者の方が速い。
前に出て近距離を維持し続けようとした。
しかしその時、下段からの攻撃がいつの間にか迫る。
ジグが後ろに下がりながら体を回転させ、足元を払う一撃を放っていた。
「まず……！」

誘われていた。
あえて近距離で戦っていたのはこのためか！
前に出ている体と、防ぐには低すぎる攻撃に、とっさの判断で上に飛ぶ。
飛んで、しまった。
「……やっば」
イサナの長所は速度と瞬発力だ。
だが飛んでしまえばそのどちらも活かせない。
そして空中での回避行動には限度がある。
自らの失策を悟った時にはもう遅すぎた。
その瞬間を待っていたジグが動く。
絶好の機会に焦ることなくしっかりと刀の届かぬ間合い。
万が一にも反撃のない距離を保つ。
着地の瞬間を狙った一撃は、防御も虚《むな》しくイサナの意識を刈り取った。

†

息を吐き、残心を解くと今の戦闘を吟味する。

「うむ。それなりに勘は取り戻せたな」

やはり実戦形式の稽古は違う。

素振りや仕合ではここまで一気にはいかなかっただろう。

正直に言うとここまでやるつもりはなかったのだが、イサナが実戦形式を強く希望したのだ。

やはり彼女も武人。

負けたままではいられないということなのだろう。

「イサナ様!?　ご無事ですか！」

そのイサナは他の武芸者に介抱されている。

加減はしたので大怪我《おおけが》にはなっていないはずだが、周囲の人間は大慌てだ。

重病人であるかのように担ぎ上げて屋内に運び込まれていく。

ジグは苦笑いしながらその後を追った。

†

「……この光景、すごく久しぶり」

目覚めるや否や、開口一番にイサナが言う。

まだまだ未熟だった頃、稽古で意識を失ってはここで目を覚ましたものだ。

腕が上がるにつれ自分が意識を奪う側になり、ここに来ることもなくなっていたのだが。

心配で落ち着きのない男たちを外に追いやり、介抱していた立会人の男が微笑む。

「見事な仕合でしたよ。良い勉強になりました」

「私、ばっちり負けちゃったんだけど」

「それもまた、良い経験かと」

「……むぅ」

一見柔和な表情を崩さない男――この道場の師範代に渋い顔を向ける。

ゆったりした動作の中に見受けられる実力者の片鱗《へんりん》。

彼には幼い頃、ここで扱《しご》かれたものだ。

「鼻を折られましたかな？」

「天狗になっていたつもりはない……けど、実際負けると……クるものがあるね」

苦い顔をするイサナに師範代がカラカラと笑うと、濡らした手拭いを差し出す。

イサナは礼を言って受け取り、汗と汚れを拭う。

「世界は広いものです。……そう言い続けていた私も、正直同年代であなたに勝る者がいるとは思ってもいませんでした」

師範代の言葉に苦笑いで返す。

「イサナ、平気か？」

部屋の外でジグが声を掛けた。

「シュオウが来たぞ。目的の場所を絞り込めたらしい」

もうそんなに経っていたのか。

思いのほか長く寝ていたらしい。

「大丈夫。入って」

「私はお邪魔ですな」

「ごめん。これありがとね」

彼は手拭いを受け取り立ち上がると、一礼した。

ジグたちが部屋に入るのと入れ替わりに、師範代が出ていく。

「もういいのか？」

「嫌味？　きっちり加減してたでしょ」

軽口をたたく彼女を見て、問題なさそうだと頷くジグ。

シュオウが寝ていたイサナを見て首をかしげる。

「イサナ様？　どうなされたのですか」

「ちょっと、ね……具合が悪いわけじゃないから気にしないで」

シュオウは疑問を感じつつも、本人がそう言うのならとそれ以上は聞かない。

ここに来た本来の目的を進めるべく報告する。

「候補の場所は四か所。そのうち人の出入りがあったと思しき場所は二か所です」

地図を見て二か所を確認する。

北にバザルタ、南にカンタレラ、東にジィンスゥ・ヤ。

候補の場所はジィンスゥ・ヤの西と、すぐ北にあるようだ。

ジグは土地勘のあるシュオウに意見を求める。

「どう見る？」

「西の可能性は低いかと。どちらのマフィアが動くにしても、別の勢力に露見する可能性が高くなります。逆に北であるとすれば、バザルタ・ファミリーが関与している可能性が高いでしょう」

妥当な判断だろう。

自分の縄張りから離れたところでやるには、難易度もリスクも高すぎる。

自分たちとの繋がりを示す証拠さえ見つからなければいいのだから、ある程度近場でも問題はない。

「二勢力が手を組んでいる可能性はあるか？」

「……ない、とは言えません。しかし過去、二つの勢力が大っぴらに手を組んで行動したことはありません。暗黙の了解として不干渉を貫くことはありますが。それに……」

シュオウはそこで言葉を切る。

言わずともその先の予想は付く。

もし二つの勢力が手を組んでジィンスゥ・ヤを排除しようとしてきたら。

人攫い程度でこの有様の彼らでは成す術もなく弾き出されるだろう。

二人も追及はしない。

ジグは関係がないため。

イサナは想像もしたくないため。

「では今夜、北を調べよう」

「分かりました。人員はどうされますか？」

「数は少ない方がいい。敵の隠密能力は未知数だ。少数精鋭で行く」

「私とジグ、シュオウも手伝って。……あと、ライカも連れていく」

イサナが口にした名にシュオウが驚きをあらわにする。

「ライカを、ですか？　……しかし、あれは殺しに魅入られた狂人ですぞ。何をしでかすか……」

「分かっているわ。でも今は手が足りない」

反対するシュオウだったが、イサナの意思が変わらないことを悟ると口を閉ざす。

僅かな逡巡の後、やむなく首を縦に振った。

「……承知、しました。では、後程族長の所に」

それだけ言うと部屋を出る。

その背を見送るとイサナがため息をついた。

「……やっぱりいい顔はされないか」

「ずいぶん嫌われているみたいだな」

「殺しを愉しむやつとお友達になりたい人の方が少ないでしょ」

件《くだん》のライカという人物。

賞金稼ぎという職業もだが、殺しを愉しむという。

「そんなに珍しい事でもないと思うがな」

「……あなたの周りがおかしいだけじゃない？」

そう言われると何も言い返せないが。

しかし他者への攻撃性とは、誰しも持ち合わせているものだ。

ちょっとした環境や衝動から発現してしまうことも珍しくない。

問題はそれとどう付き合うかだとジグは考える。

この辺りイサナたちとは根本から考え方が違うようだ。

「時間まで手順を詰めましょう」

イサナの言に従い、二人は地図に視線を移し経路などを確認し合った。

†

日が暮れた頃に族長の家に向かう。

事件の影響か辺りは人気が少なく、子供に至っては全く見かけない。

あるはずのものが丸ごと抜け落ちている違和感というのは、無性に焦燥感を掻き立てる。

「子供を見ない街というのも不気味なものだな」

異様な光景に独り言《ひとりごと》ちる。

「子は宝とはよく言ったものね……一刻も早く何とかしないと」

イサナの足が早まる。

焦るなと言いそうになったが口をつぐんだ。

口で言うのは簡単だが、今の彼女には届かないだろう。

理屈ではどうにもならないこともある。

そうしているうちに族長の家に着いた。

「おお、来たか」

「お待たせしました、族長」

イサナたちを見て族長が顔を上げる。

既にほかのメンツは集まっていたようだ。

中に入るとシュオウと族長に昼間見た男たち。
そしてその彼らと距離を置くように立っている青年がいた。
年の頃は十代後半。
赤茶色の髪をした線の細い体つき。
しかしただ細いだけではなく、極限まで絞った鋭さを持っている。
彼が例のライカとやらだろう。
立っているだけで分かる隙のなさ。
何よりシュオウや男たちの向ける忌々しいものを見るかのような視線。
話に聞いていた通り、随分疎《うと》まれているようだ。
当の本人は彼らの視線を露ほども気にしていない。
どこかぼんやりとしたような目をしている彼の目が、ジグに向けられた。
「もしかして、あいつが？」
「……そうだ」
ライカの問いかけに険しい顔のまま応えるシュオウ。
その答えを聞くと、ライカのぼんやりとしていた目に喜悦《きえつ》の色が浮かぶ。
「道理でね。おかしいと思ったんだ。君らが僕に頼るなんて」
薄く笑いながらジグたちに近づく。

足取りは緩く、滑るようだ。

イサナの歩法に似ているがそれとも少し違う物だと感じた。

「うちが余所に手助けを求めるのにも驚いたけど、それに応える奴がいるのにも驚いたな。お兄さんいくら積まれたの？　イサナの体でも貰った？」

「ライカ！」

イサナの一喝にも、肩を竦めて飄々《ひょうひょう》とした態度を崩さない。

「依頼料は危険度込みで十分な額を貰っている。……彼女の体を貰うには、今回の仕事は簡単すぎるな」

「……へえ」

分かりやすい挑発。

それを軽くいなす返答を聞いてライカが目を細める。

値踏みするような目をやめて探るようにこちらを窺う。

ライカに手を差し出して名乗る。

「ジグだ。聞いていた通りの実力のようだ。期待しているぞ」

彼はその手に目もくれずにジグの方を向いたままだ。

握手に応じる様子はない。

「……それ以外も聞いてるんでしょ？　なんでまた僕に頼もうと思ったの？」

警戒するようにこちらの反応を窺っている。

隠すようなことでもないので正直に答える。

「その程度のことならば問題はないと判断したからだ」

「……その程度って。お兄さん、頭大丈夫？　僕、殺しを愉しんでるんだよ？」

またそれか。

毎度繰り返される反応にうんざりする。

どうにもここの連中は性根が真面目過ぎるというか、武人気質だ。

「お前、殺しが好きなんだろう？」

「ああ、好きだね」

即答。

周囲の嫌悪感が増す。

隣のイサナも不快な表情を隠しもしない。

「それならしょうがないじゃないか」

「え？」

予想外の返答にライカの反応が止まる。

彼だけではない。

他の者もジグの正気を疑うかのような視線を向けている。

「自分の好きなものを否定しても、殺しが好きな事実が変わるわけじゃない。それなら残る問題は〝ソレ〟とどう付き合っていくかだろう」

「あなた、何を……？」

隣の反応を無視して話を進める。

ライカは驚きから立ち直ると同時、目つきが変わった。

それまでのぼんやりとした目は鳴りを潜め、真剣な表情になる。

「ソレを自覚した人間のとる行動は大体二つ。身を任せるか、しまい込むかだ」

指を一本立てて見せる。

「簡単なのは身を任せること。衝動のままに殺す。女子供老若男女分け隔《へだ》てなくな」

立派な外道の出来上がりだと肩を竦める。

そして二本目。

「もう一つ、しまい込む方。程度にもよるがこれはいずれ限界が来る。殺人衝動ってのは普段は気にならないが、ふとした瞬間にこみ上げてくるそうだ。性的な興奮を感じた時、強い怒りを感じた時などの、感情が高ぶった時に湧き上がってくる。それまで聖人のように過ごしていたものがある時、狂ってしまう。聞いたことがないか？　〝そんなことをする人には見えなかった〟」

皆がジグの言葉に聞き入る。

聞き入る、というよりあまりにも価値観が違いすぎて、口を挟むことさえできずにいた。

「……それだと、どっちにしろ破滅じゃない？」

「まあな。実際、これを抱えた人間はそうなる奴が多い。だが中にはこれとうまく付き合って生きている奴もいる」

そこで三本目の指を立てた。

「ソレを生業《なりわい》にすればいい。殺しても誰も文句を言わない、むしろ感謝されるような人間なんて、この世の中ごまんといる。そういう奴らを趣味と実益を兼ねて殺せば誰も困らない」

しかし実際それを選ぶ人間は少ない。

当然だろう。

自分の殺人衝動を正気のまま受け入れなければならないからだ。

誰にも相談できず、唾棄《だき》される行為。

それが自分なのだと受け入れねばならない。

「その歳でよく自分の衝動と向き合うことができたな。大した精神力だ」

「……ふふ」

自然と笑いがこぼれた。

おかしくてたまらない。

「お兄さん、相当イカれてるね。僕程度の異常者じゃ、まるで気にならないわけだ」

「……周囲にいた連中の中では、まともな方だったんだがな」

やや憮然《ぶぜん》としているのがまた笑いを誘う。

ライカが未だ差し出したままの手を見た。

彼は少し迷った後、その手を握り返す。

「いいよ。お兄さんのイカれ具合に免じて、タダで付き合ってあげる。一応身内の困りごとだしね」

「助かる」

盛り上がっている？　二人を余所に、周囲の気持ちは一つに固まりつつあった。

族長が髭をさする。

「頼る相手……間違えたかもしれんのう」

しかし今更それを悟った所で時すでに遅し。

他に頼る当てもない以上任せるしかない。

ライカに作戦を説明し終わる頃には、出立の時刻になった。

音を立てぬため防具は最小限に。

顔が割れないようにジグは、布を顔に巻き付けて目元だけを露出する。

「では、頼むぞ」

「はい族長。吉報をお待ちください」

準備が済むとシュオウの先導で目的の場所に向かう。

既に日は暮れており道中人とすれ違うこともない。

それなりに距離があったが、四人とも健脚なため二時間ほどで着いた。

「広いな。後ろめたい事をするにはうってつけだ」

恐らく工場か何かだったのだろう。

大きな建物で朽ちてはいるが崩れる様子はない。

一見人気《ひとけ》がないように見えるが、周囲を観察すれば人が出入りしている痕跡を見つけられた。

「当たりね」

「……それなりの人数がここに出入りしているようです。子供の足跡はありませんが」

「担ぎ上げて運び込まれたかもね」

頭の中で作戦を反芻《はんすう》する。

ツーマンセルで建物内に侵入。

別々に子供の居所を探る。

犯人もいる可能性が高いが、子供を最優先する。

数が多いため、見つけても即座に助けることは難しい。

子供を見つけ次第、一組が建物から離れた場所で待機しているジィンスゥ・ヤの救出隊に報告。

もう一組が子供たちの護衛だ。

正面ではなく裏手に回る。

しかし裏口に鍵がかかっていた。

こじ開けようとしたジグに、イサナが待ったを掛ける。

「下がってて」

音もなく刀を抜くと、錆《さび》ついて隙間の空いた扉に差し込んだ。

閂《かんぬき》に刀身の中ほどを置いて一呼吸。

「ふっ！」

静から動。

呼気と共に刀を一気に引く。

甲高い小さな音と共に閂が両断された。

「我らが見つかった場合、子供たちの命に関わります。慎重な行動を心がけてください」

「了解」

中に入ると二手に分かれる。

ジグとライカ。

イサナとシュオウ。

ライカと組むことに他二人が嫌な顔をしたので、自然と組み合わせがこうなった。

二組は物音を立てずに静かに部屋を一つずつ調べていく。

†

イサナとシュオウが、四つ目の部屋を確認する。

ここにもいないようだ。

部屋を出ると次を捜す。

「イサナ様、お聞きしたいことがあります」

「何？　手短にね」

改まってシュオウが話しかけてきた。

周囲に人気がないとはいえ、敵地である以上用心するに越したことはない。

ひそめた声でシュオウが問いかける。

「あの男とはいったいどういった関係で？」

イサナはその問いになんと説明したものかと頭を抱えた。

薬のことは言わない約束だ。

そのあたりをうまくぼやかして伝える。

「以前、仕事で私が勘違いして襲い掛かっちゃったの。裏で情報を集めていた彼をマフィアと思っちゃって……」

丁度子供たちの失踪が報告され始めていた頃。それとなく捜索していたイサナは、マフィアの下っ端と密談しているジグと遭遇し、その勢いのまま戦闘をしかけた。それがとんだ勘違いで、しかも返り討ちにあったのは、今でも苦い思い出だ。

「イサナ様……師父にそそっかしいところを直せと、いつも言われておりますのに……」

呆れたようにシュオウがため息をつく。

師父や年嵩の達人連中に口酸っぱく言われていた台詞だ。

「まあまあ、そのことは置いておくとして。何を聞きたいの？」

痛いところを突かれたので先を促す。

釈然としない顔をしていたが、話が進まないので切り替える。

「……極力関わらない方がよろしいかと。あの男の思想は危険すぎます」

まあ、そうだろうなと他人事《ひとごと》のように思う。

「……言っていることが全く理解できないわけではありません。もし自分が、その……殺人衝動を持って生まれたとして……きっと私はそれと向き合うことができなかったでしょう」

シュオウの独白を黙って聞く。

彼は普段あまり変わらぬ表情を歪ませて言葉を選ぶ。

「ライカを見る目も多少変わった自覚があります。そんな衝動を抱えつつも、決定的な間違いを犯さない彼に、敬意すら感じる。……ですが」

薄い目を見開く。

そこに浮かぶ感情は、紛れもなく恐怖。

「あの男は異質すぎる。一体どういう環境にいれば、あのような考えに至るというのです？

今まで狂人、悪人の類は嫌というほど見てきました。しかし彼はそのどれとも違う」

彼の言うことには自分も思い当たる節があった。

あまりにも違いすぎる殺しの価値観。

言葉は通じているのにまるで遥か遠くの異人と話しているようだ。

「いつかきっと、あの男は我らに牙を剝《む》く。……いえ、害意すらなく剣を向けるでしょう」

「……そうでしょうね」

彼と接してきた時間が長くない自分でも分かる。

今生きているのだって、運が良かったからに過ぎないのだ。

自分が死ぬとジグの仕事にとって都合が悪いから生かされた。

「いつ敵になるかも分からないのなら、いっそ今の内に……」

「やめなさい」

静かだが、強い口調。

言葉を遮られて否定されたシュオウが戸惑う。

「しかし……」

「それでも、こちらから手を出しては駄目」

もしそうなればジグはジィンスゥ・ヤを敵ではなく、排除対象と判断するだろう。

敵ならば仕事を完遂すれば見逃される可能性もある。

しかし害を成すものと判断されたとしたら。

「もし仕損じれば、彼はどんな手を使ってでも、私たちを排除する」

それだけは避けなければ。

シュオウは未だ納得がいっていないようだったが、ゆっくりと頷いた。

「……承知しました」

「こちらから手を出さない限りは、彼も無茶はしないはず。私も彼の動向は気にかけて……」

言葉を途中で切って視線を巡らせる。

シュオウもそれに気づくと、すぐさま切り替えた。

意識を聴覚に集中させ、笹穂状の耳をそばだてる。

やがてその音を捉えた。

「……子供の声、でしょうか」

「恐らくね。行きましょう」

二人は音を立てぬまま、足早に声の聞こえた方に向かう。

作業場だろうか。

だだっ広い空間を抜けて行く。

その奥にある重い扉。

外から鍵の掛けられたそれを、イサナが断ち切る。

僅かに甲高い音を立てて扉の鍵が両断された。

扉を少し開けてのぞき込み、中の様子を窺うが暗くて何も見えない。

扉越しに気配を探るが、待ち伏せされているような様子はない。

倉庫と思われる部屋に入ると、魔術で指先に明かりを灯して照らす。

光量を絞った魔術が部屋をぼんやりと明るくする。

「これは……」

部屋の端に何かが横並びに置かれている。

恐る恐る近づくと魔術の光が物体を照らし出す。

背筋が凍る。

そこには何人もの子供が転がっていた。

慌てて駆け寄ると脈を確認する。

「……良かった、意識を失っているだけみたい」

「薬で眠らされているだけのようです。数は報告されていた人数より少し多いようですが」

あれからまた誘拐された子供がいたのだろうか。

唇を噛み、こみ上げてくる内心の怒りを押し殺す。

「ジグたちを呼んで救出隊を連れてきましょう。私たちで運ぶには多すぎる」

「では私が。イサナ様は子供たちをお願いします」


シュオウが倉庫を出て数分後。

合流したジグたちと状況を確認する。

「では人数は問題なさそうだな」

「ええ。私たちが救出隊を呼んでくるから、その間子供たちの安全確保をして。犯人がいつ戻ってくるとも限らない」

「了解だ」

説明をしている間、ライカが首をかしげていた。

「うーん……」

「どうかしたのか？」

気になったジグが尋ねる。

するとと彼は顔を上げてイサナを見た。

「イサナたちは、子供の声が聞こえたからここに来たんだよね？」

「ええ、それが何か？」

意図が読めずに怪訝な顔をする。

「子供たちは全員おねんねしてるのに、誰の声を聴いたの？」

「え……？」

ライカの指摘にイサナが固まった。

「……」

彼の指摘にジグが無言で得物に手を掛ける。

空気が張り詰めて静かになった倉庫内。

「……あのー」

そこに間の抜けた声が響いた。

見れば寝ていたはずの子供が一人起き上がっている。

「……ごめんなさい。実は起きてました」

一人がそう言ったのをきっかけに、他にも何人かが恐る恐る立ち上がる。

合計七人が既に起きていたらしい。

イサナたちから穴が空きそうなほど見つめられて、居心地悪そうにしている。

「僕たち気が付いたらここにいて……扉もあかないし、どうやったら出られるか話し合ってたんです」

「なるほどね。その声を聞いたわけか。でもどうして寝たふりを？」

「最初は僕たちを攫ったやつらが戻ってきたのかと思って、怖くて……」

それもそうかとライカが納得する。

まだ年端もいかない子供が、急に見知らぬ場所に閉じ込められれば警戒するのも当然だ。

取り乱していないだけでも大したものだろう。

見れば皆、攫われた中でも年齢が上の子供のようだ。

シュオウがそれを見て気づいた。

「どうやら彼ら、薬の分量を間違えたようですね」

「どういうこと？」

「子供の未成熟な体に、睡眠薬は刺激が強いのです。分量を間違えれば障害が残ったり、最悪死に至ります」

商品をキズモノにしてしまっては本末転倒。

しかし今回はそれが裏目に出たようだ。

シュオウが安心させるように子供たちに微笑む。

「もう大丈夫、すぐに助けを呼んでくるからね。もう少しだけ頑張れるかな？」

少年は不安そうにしながらもしっかり頷く。

その頭をなでると二人は出て行った。

「……どれくらいで助けがきますか？」

手持無沙汰になった少年がライカに尋ねる。

「うん？　そうだな……大体」

「一時間くらいだな」

後ろから答えが飛んでくる。

振り返ると、ジグがまだ寝たままの子供たちの様子を一人一人見ている。

「……うん、大体それぐらいかな？」

「結構かかるんですね」

「まあね。だから僕らがそれまで守るよ」

返事をしながらライカが扉の方へ行く。

入れ替わるようにジグが戻ってきて、少年に質問する。

「犯人のことは何か思い出せないか？　顔を見たりとか」

「……何も覚えていないです。家に帰ろうとしたら暗くなって、気が付いた時にはここに」

子供たちを確認し終えたジグは、懐から硬貨を出すとコイントスをし始めた。

「そうか。他のやつと面識は？　今起きている者同士は知り合いのようだが」

「友達です。そっちで寝ている人たちは、見たことはあるけど名前までは知りません」

手慰《てなぐさ》みに繰り返されるコイントス。

その動きに視線を奪われながらも答える少年。

彼の興味がジグの顔に向いた。

「あの、どうして顔に布を巻いているんですか？」

「色々あってな」

適当に返され、それ以上追求しにくい少年は押し黙る。

「お兄さんは今回の事件、どう見る？」

ライカの問いかけにジグの目が細められた。

コインの動きはブレぬまま、考えを口にする。

「マフィアが関わっているのは間違いないだろうな。人身売買はおいしい商売だが、人手もパイプも必要でそれなりの組織力がないとできない行為だ。そこいらのゴロツキがやるには規模が大きすぎる」

話の内容がよく分からないという顔をしている少年。

それに構わず話は続く。

「異民族なら多少いなくなっても、本気で捜そうって人も少ないしね。上手いところを突いたものだよ」

呆れたように肩を竦める。

「それでもリスクは大きいはずだ。足場が弱いとはいえ、ジィンスゥ・ヤは武闘派集団。万が一抗争にでもなれば人的被害は計り知れん」

組織というものは、大きくなればなるほど身動きがとりにくくなるものだ。失う物が多くなり、リスクのある行為を許容しづらくなる。

「犯罪組織にも強硬派と穏健派というものがある。今回のようなリスクの大きい行為を穏健派が許すだろうか」

「……つまり、一部の強硬派が先走ったってこと？」

「金か、上の点数稼ぎかは知らんがな。いずれにしろトップがとる手段としては、短絡的すぎるように思える」

可能性の話だがな、と付け加える。

「金欲しさに暴走とはね。マフィアって意外と統率力ないの？」

「一枚岩のマフィアなど存在してたまるか」

吐き捨てるような言葉に確かにねと笑う。

「他人事と笑っている場合か？　これを上手く利用すれば奴らの矛先を逸らすことも不可能ではないぞ」

「……そうか。一枚岩でないなら、競争相手の失脚を望むやつも当然存在する。そいつらに今回の独断専行をリークしてやれば……」

「異民族に構っている暇はなくなるだろうな。マフィアの跡目争いは相当激しいと聞く」

「……そのあたり上手く突くことが、今後僕らの生きる道になりそうだね」

ライカが自分たちの今後のことに関わると気づいて、その声音が真剣味を帯びる。

疎まれてはいても、彼の心は仲間の方へ向いているようだ。

存外に健気な彼を意外に思いつつも、その器の大きさに感心する。

「かもしれんな」

それを表に出さぬよう素っ気なく返す。

「冷たいなあ」

「他人事だからな」

「それもそうか」

口ではそう言いつつも、さほど気にしているようには見えない。

ジグと自分たちの立ち位置もしっかり弁えている。

彼の上手い距離感を心地よく思いながら、話を区切った。

「さて、と」

思ったより話し込んでいたようだ。

体感十五分ほどだろうか。

ジグは子供たちの方へ向く。

話の内容が分からず、所在なさげにしている子供たちが顔を上げた。

「動き出す準備をしておいてくれ。あと〝五分ほど〟で助けが来るはずだ」

「なっ!?　……!」

ジグが告げた時間。

それを聞いた少年たちの顔色が変わる。

表情と声音。どちらも子供らしい驚き方とは言えないそれを、冷ややかな目で見つめるライカ。

「あ、あの!　一時間はかかるってさっき……」

「どうした、嬉しくないのか?」

「い、いえ……そういうわけでは」

聞き返されしどろもどろの対応をする少年。

それを無視してライカの方を向く。

「どうだ?」

「……全員黒かな」

返答を聞いてやれやれと肩を竦める。

なおも取り繕おうとしていた少年たち。

しかしその反応を見て、もはや隠すことは無意味と知った少年の形をした者が目を細めた。

雰囲気が一変する。
「……まさか気づかれるとはな。いつからだ？」
姿形は間違いなく子供。
しかしその身から発せられる殺気は、彼が裏の者と理解するには十分すぎる。
腰の後ろからナイフを取り出すと、これ見よがしにこちらに向けてくる。
ジグは応える代わりに背の薙刀を振るった。
横なぎの一撃が、いつの間にか寝ている子供たちに近づいている影を襲う。
影は咄嗟に防ぐが、ナイフで殺しきれる衝撃ではない。
吹き飛ばされて壁に叩きつけられた。
「……」
崩れ落ちる仲間に視線もくれずに、少年が押し黙る。
注意を自分に向けて子供を人質に取るつもりだったようだが、ジグは読んでいた。
「プロが理由もなく問答などするものかよ」
他の敵に薙刀を構えてジグが牽制する。
時間稼ぎは無駄だと悟った彼らが、戦闘態勢に移る。
ライカも無言で武器を構えた。
合図はない。

ただどちらからともなく床を蹴り、殺し合いが始まる。
先に動き出したのは少年だった。
懐から小さなナイフを取り出しジグに投擲《とうてき》する。
ナイフを投げたのとは別の二人が、投擲物の後を追うように走り出す。
避ければ後ろの子供に当たる軌道だ。
止む無くその場で対処する。
武器は使わず手甲と脚甲を使って、最小限の動作で弾く。
続く二人が態勢の戻りきらないジグに時間差でナイフを突き出した。
武器を持つ手、指を狙う斬撃。
一撃で仕留めようとせず堅実に相手の行動力を奪う攻撃だ。
投擲物に対処していたため薙刀を振るうには遅すぎる。
ジグは武器を手放して凶刃を回避するが、相手もそれは読んでいた。
即座に狙いを変更。
首を貫く軌道だ。
確実で無駄のない攻撃。
故に、読みやすい。
ジグは左手で、首へ迫るナイフを持つ相手の右手首を掴んで止める。

それと同時に右手で相手の肘窩《ちゅうか》と呼ばれる肘の内側を押す。

相手の肘を支点に、曲がった腕を首元へ押し込んだ。

相手にとってはナイフを握った自分の右腕が、自分の首を襲うような形だ。

「!?」

予想外の反撃。自分の腕が自分を襲おうなどとは思ってもいなかったのだろう。

しかし相手もプロ。驚きで動きが止まるような未熟は晒さない。

咄嗟に左腕を差し込み自分の腕を止めるが、片腕で両腕の動きを抑え込まれてしまった。

ジグが空いた右腕の手甲で、もう一人の脇を狙った刺突を弾く。

そのまま勢いをつけて抑えた相手に、強烈なボディブローを叩きこんだ。

両腕が上がっていた相手の無防備な脇腹に拳が突き刺さる。

「ごぶぉ……!?」

体への衝撃と内臓が押し込まれた勢いで、口からくぐもった声と血がこぼれた。

体が浮き上がるほどの一撃に、肋骨《ろっこつ》が枯れ木のように圧《へ》し折れて肺に突き刺さる。

崩れ落ちる相手に目もくれずもう一人に肉薄。

気圧された相手が、慌てて飛び退り距離を取ろうとするが、それは悪手だ。

薙刀を拾ったジグが刺突を放つ。

圧倒的なリーチで下がる相手に追いすがる。

「くそっ……がぁああ！」

ナイフで弾こうとするが武器の威力と膂力《りょりょく》が違い過ぎては止められるはずもない。

胴を貫かれ倒れ伏す。

油断なく二人に止めを刺すと、残る一人に向き直る。

「……」

一瞬のうちに仲間二人を片づけられた男が、どうにか離脱できないか探る。

出口のある背後の戦闘がどうなっているかを確認したいが、この男から僅かでも目を離すのは躊躇われた。

剣戟の音を聞くにまだ決着はついていない。

逃げ出す算段を整えているとジグが動いた。

おもむろに死体に薙刀を刺すと死体を持ち上げる。

ジグの凶行に目を見開きながらも攻撃に備えた。

†

二人を仕留めたところでジグがライカの方を窺う。

三人相手に二刀を振るっていた。

左右長さの違う刀を持って相手の攻撃を捌いている。

手数で負けながらも速度と練度で上回るライカが徐々に押していく。

「ハッ！」

呼気と共に鋭い刃鳴りが響く。

遂に捌ききれなくなった相手の腕を斬り飛ばした。

返す刀で首を刎《は》ねる。

返り血を浴びる彼の顔に愉悦が浮かんでいた。

「流石だな」

あちらもそろそろ片付きそうだ。

目の前の男は逃げる機会を窺っているようだし、退路を断つとしよう。

そう決めると、ジグは先ほど殺した男の体を薙刀で持ち上げる。

長物の先端部に人ひとりをぶら下げて持ち上げるなど、尋常な腕力ではない。

並外れた膂力が可能にしたそれを勢いをつけて振るう。

「ふん！」

気合と共に持ち上げた死体を残った男に投げつけた。

「っ!?　く……！」

相手も驚きはしたものの、速度はそこまでもないため余裕をもって躱す。

避けられた死体は通り過ぎると、ライカの戦っている男たちの背に衝突した。

「なっ⁉」

避けた男と、ぶつけられた男の声が重なる。

その隙を見逃すライカではない。

「シッ！」

一呼吸で四閃。

喉に斬撃と刺突を同時に受けた二人が声も出せずに絶命する。

「避けてはいけない攻撃……意趣返しさせてもらったぞ」

「貴様……」

先ほどの子供を狙ったナイフとジグの投げた死体。

違うのは男が避けてしまったことと、取り返しがつかない状況になってしまったことだ。

出口は正面の扉のみ。

その前には仲間をいとも簡単に始末した男が二人。

絶望的といえる状況だった。

「観念してね？　指示している人間や目的、洗いざらい吐いてもらおうか」

血に濡れた刀を拭いながらライカが嗤《わら》う。

恍惚に歪むその表情に男は自らの終わりを悟った。

†

それからしばらくして戻ってきたイサナたち。

連れてきた救助隊が子供たちを手厚く保護している。

「命に別状はなしで外傷も擦り傷程度。無事助けられてよかった……」

それを横目に周囲の警戒をしているイサナが、ほっとしたように一息つく。

肩の荷も下りたようだ。

「あの男は？」

「これからうちに連れて帰って尋問。色々と聞きださなくちゃ」

「素直に喋るとも思えんがな。まあ頑張ってくれ」

直接的な戦闘能力こそ、そこまででもなかったが、あの男たちは紛れもなくプロだ。

でなければ姿を変えられる魔術を使えたところで、ジィンスゥ・ヤの縄張で人攫いなどできようはずもない。

「他人事ねぇ……ところで、どうやってあの術を見破ったの？　姿形を変えられる魔術なんてそうそう使い手もいないのに。あなたは魔術にそこまで明るくないように見えるけど……」

「勘だ」

適当に返してはぐらかすと、懐の硬貨に意識を向けた。

本当はこれを使って正体を暴こうかと思っていたのだが、思いの外カマかけが上手くいってしまい出番がなかった。

倉庫に入った時点で、なにかしら魔術が使用されているのには気づいていた。

しかしそれがどんな類のものかは分からなかったため、すぐに動くわけにはいかなかった。

そして戦闘になる前に、寝たままの子供たちに魔術がかかっていないことを確かめていた。

あの後取り押さえた男にこの硬貨を握らせてみたが、見事に術が解除された。

つまり残った子供は本物というわけだ。

そうこうしているうちに救助が終わり、最後の子供が運び出される。

万が一に備えライカとシュオウは救助隊の護衛として同行している。

これで周囲の警戒も必要なくなった。

「私たちも行きましょうか」

「ああ」

ジグたちも帰るために歩き出そうとした。

その瞬間。

「誰だ！」

人の気配に気づいたイサナが腰の刀に手を掛け振り返る。

彼女の視線の先。

薄暗い路地から一人の男が出てきた。

灰色のトレンチコートを着た四十代ほどの男だ。

「こんばんは、お嬢さん。いい夜だねえ」

近づきながら挨拶をする男の顔を、月明かりが照らした。

目つきは鋭く、底冷えするような暗い輝き。

口に葉巻を咥えておりねばついたような表情を顔に張り付けている。

一目で分かる堅気ではない雰囲気。

「マフィアか」

警戒をあらわにしながらイサナが睨みつける。

その視線を笑いながら受け流す男。

着ている服や雰囲気。

何より、イサナに睨まれても平然としていることから、マフィアの中でも立場が上の人間だろうと目星をつける。

「お前が今回の下手人か？　のこのこと現場に戻ってくるとはいい度胸だね」

彼女の警戒は殺気に変わりつつあった。

しかし男は両手を上げて落ち着けと促す。

「おお、怖い怖い。あんなアホな事、俺がするわけないじゃねえか。今日はな、面白い話を持って来たんだよ。そっちにとっても悪い話じゃねえと思うんだけど、聞いてみないかい？」

男の提案にイサナが思案する。

無視するのは簡単だが、ジィンスゥ・ヤはあまりいい状況ではない。

これからのことを考えると、何かしら動く必要がある。

問題はこの男がそのきっかけになるかどうか。

「……言ってみなさい」

「はっはぁ！　そう来なくっちゃな！　思い切りのいい嬢ちゃんだ。ワシャあバザルタのヴァンノって者だ。よろしくな」

そう言って葉巻を取り出すと、シガーカッターで先端を切り落として火をつける。

口の中で紫煙をくゆらせながら、男が話し始めた。

「話ってのは他でもない、今回の犯人どものことだ。あんたらがとっ捕まえた奴らはどうなってる？」

「一人は生かして連れて帰った。他は死んでる。先に言っておくけど、生き残りを引き渡せって話だったら、応じられないからね」

「なるほど……流石、ジィンスゥ・ヤ。あれも決して腕が悪いわけでもないんだが、あんたら相手じゃ荷が勝ちすぎてたか」

愉快そうに笑いながら肩を揺らす。

「それでも口を割らせるのは難しいと思うけどな。まあそれはいい……俺が欲しいのは死体の方だ」

「死体を？」

「ああ。実のところ、誰が今回のバカやったのか目星はついてる。……ただ証拠がない」

「あいつらの死体が証拠になると？」

「使い方次第では、な」

怪しい話だが、死体をくれてやるくらいならこちらに損はない。

イサナは警戒しつつも前向きに話を検討する。

「……」

ヴァンノと話し込むイサナを余所にジグは視線を横に向けると、そこに積まれている瓦礫の一つに腰かけた。

「……腹が減ったな」

夕食時はとうに過ぎている。

シアーシャも帰ってきているだろう。

出かけるとは言っておいたが、あまり遅くなるのもまずいか。

そこまで考えたところで、思わず苦笑いしてしまう。

自然に彼女を生活の一部として受け入れ始めている自分におかしくなった。

ここまで特定の誰かと行動を共にすることはいつ以来だろうか。

傭兵団に所属していた時ですら、こんなに一人を気に掛けたことはなかったはずだ。

思いを馳せているうちに話がまとまったようだ。

ヴァンノがジグの方を見た。

「……さっきから気にはなっちゃいたが、あんたはどちら様？　妙な布巻いてるが、最近の流行かい？」

「気にするな。ただの助っ人だ」

「……そか」

にべもないジグに何かを察したのか、深く追及はしてこない。

「じゃあ、こっちの後始末は任せてくれやイサナ嬢。また連絡するわ」

「よろしく。約束、忘れないでよね」

ヴァンノは背を向けて歩き出す。

路地裏にその背が消えて見えなくなるまで、イサナはその場にいた。

「さて、今度こそ帰りましょ」

「そうしよう。腹が減っていかん」

「どこかで食べていく？　奢るわ」

魅力的な誘いだったがシアーシャのこともある。

イサナの提案に首を振る。

「いや、待たせている奴がいるんでな。報酬を受け取ったらそのまま帰らせてもらう」

「……そう。色々とお礼をしたいんだけど」

「報酬を貰えれば十分さ。それに……」


――次は味方ではないかもしれない。


口にしなかったその言葉。

だが彼女にはしっかり届いていたようだ。

無言で武器の柄を強く握りしめる。

「……その時は、その時よ」

†

薄暗い路地を一人の男が歩いている。

トレンチコートを着て葉巻をふかすヴァンノ。

くたびれた雰囲気を出してこそいるものの、その目つきは鋭い。

ふと路地を行く彼の歩みが止まる。

「どうだった？　例の白雷姫とやらは」

周囲に人影は見えない。

しかし彼の言葉に答える者がいた。

「……噂以上かと。私のことにも、気づいていました」

月明かりすら差さぬ裏路地のさらにその影。

ぬるりと人影が現れる。

黒装束を着た男とも女ともつかぬ出で立ち。

目の前にいるはずなのに気配を感じ取ることさえできないその者に、ヴァンノは笑いながら語り掛ける。

「お前さんにそこまで言わせるとは大したもんだな。……で、いざとなったらやれそうか？」

「正面からでは、厳しいかと」

「裏からなら？」

「……五分といったところでしょうか。入念に準備した上で、ですが」

その評価にヴァンノは感嘆の声を漏らした。

非常に苦労して手に入れた彼（？）はとても優秀だ。

乱用すると足がつく可能性があるため、護衛以外では無暗《むやみ》に使わず重要な局面でのみ頼ってきた。

困難な仕事でも顔色一つ変えずに達成してきた彼をしても、あの剣士を仕留められるかは半々だという事実に恐怖すら覚える。

「やっぱ手を組む方向に持っていって正解だったか。あんなのが何人もいるとかやってられねえぜ」

自分の勘を信じて良かったと、機嫌よさげに葉巻をふかす。

バザルタ・ファミリーの跡目を争うのは三人。

そのうちの一人が、人身売買に手を出したのは早期から気づいていた。

ジィンスゥ・ヤの足場が弱いことに気づいた奴は、金に困った高位冒険者を唆《そそのか》すと彼らを探らせていた。

人身売買自体は確かに儲かる商売ではあるが、おそらく本命はそれではない。

ジィンスゥ・ヤは強い。そこいらのストリートチルドレンを攫うのとは掛かる費用もリスクも段違いに大きい。

だが腕はいくら磨《みが》けても、心の方はそうもいかない。

子供が次々に攫われ閑散としていく集落。助けを求めてもだれも手を差し伸べてくれず見て見ぬふり。

そんな絶望的な状況に彼らを追い込み、自分たちから街を出ていかせることが真の狙いだろう。

目の付け所は悪くなかったのだが、いかんせん失敗した時のリスクが大きすぎる。

とはいえ上手くいく可能性も十分にあったので、何か手を打とうとした矢先にこれだ。

「馬鹿が、功を焦りやがって。……しかしジィンスゥ・ヤの対応が妙に早かったのも気になるな」

かの部族は戦闘能力こそ他の追随を許さないが、搦め手を不得手としている。

いち早く人身売買に気づき、被害を出さずに事を収めた今回の手腕は、どうにも違和感がある。

「……人間、追い込まれれば成長するってことかね？」

あるいは、探らせていた冒険者に裏切られた可能性もある。そうなると先ほどの大男が例の冒険者だろうか。

彼らの変化も気になるが、当面は失態を演じた馬鹿の責任追及が先だ。

今回の件をジィンスゥ・ヤに気づかれているなど、虚実交えて利用すれば跡目争いから蹴落とすことは造作もない。

「よろしいでしょうか」

今後のことを考えて悪い顔をしているヴァンノに、黒装束が話しかける。

言われたことを言われたとおりにこなすだけの彼が、自分から意見するなど珍しい。

多少の驚きを感じつつ促す。

「ん、なんか気になることでもあったか？」

「……もう一人の男は、何者でしょうか」

「ああ……あの顔隠しとった大男か。ワシも詳しいことは知らん。助っ人って言ってたから、外部の人間なんじゃねえか？　……そうか、あの男が協力したのかもしれんな」

わざわざ顔を隠していたということは、ジィンスゥ・ヤではない。

表の人間がマフィアに顔を知られないようにするためだろうか。

（となると、冒険者仲間に手を貸してもらったか……？）

しかしそれも腑に落ちない話だ。

明確な証拠がない限り、冒険者といえど異民族に関わりたがらないものだが。

考え込んでいると黒装束が驚くべきことを話し始めた。

「あの男は、危険かもしれません」

「……強いのか？」

白雷姫と一緒に行動していたということは、それなりにできるだろうとは思っていたが。

それなりに荒事に慣れてはいるが自分は武闘派ではない。

なんとなく強いんだろうなというのは分かっても、具体的にどれくらいやれるのかまでは読み取れない。

「腕が立つのは間違いないかと。……彼、話の途中で座っていましたよね」

「……ああ、そうだったな」

自分たちの交渉に興味を持たず座って休んでいた。

今回限りの助っ人なので、興味がないのかと思い気にしていなかったが。

「彼が座っていたのは、私の真横です」

「……偶然か？」

あの白雷姫ですら場所までは掴めず、居ることに気づいていただけだ。

偶然の可能性も十分にありうる。

しかし願望に反して黒装束はかぶりを振った。

「恐らくですが、気づいています」

面倒の種が増えたことに頭を抱えそうになる。

身元不明の男がこちらの切り札を下しかねないという。

もしこれが跡目争いの相手に渡ったらと考えると無視はできない。

「……お前の隠形を見抜くとは、厄介だな。そいつの身元を探れ……いや、やっぱ今のなしだ。

万が一気づかれてお前を失うことになったら大損害だからな。幸い目立つ武器にあのガタイ、
情報を集めるのはそう難しくないだろ。それはこっちであたっておくからお前はカンタレラの

動きを探ってくれ」

「承知いたしました」

影が闇に溶けるように消えていく。

そちらには目もくれず、今後の動きを頭の中で描くヴァンノ。おそらく今回のジィンスゥ・ヤとの交渉を種に難癖をつけてくる古株がいるからだ。

「年寄連中はいつまでも古いことにこだわるからいかんね。余所もんだろうが何だろうが、使える奴らは何でも利用するのが悪党の矜持《きょうじ》ってもんだろうよ。せこい小競り合いばかりで満足しやがって……マフィアの抗争は八百長の見世物じゃねぇんだぞ」

ヴァンノは、今のマフィアにうんざりしていた。

争いを避け、既得権益に溺れ改革を疎《うと》む老人連中。

対抗勢力との争いも形ばかりで、最初から手打ちありきの茶番劇。

堅気の人間ならそれでいいかもしれない。

だが自分たちはマフィアだ。

表の人間から金を吸い取り、自己の利益のために他者の権利を害することを是とした悪党だ。

それが安定を求めて金になるかもしれない不確定要素を恐れ、あまつさえ排除しようなど。

「片腹痛いわ」

くだらない慣習など自分が打ち砕いてやる。

ヴァンノは自らの野心のために動く。
マフィアにも強硬派と穏健派がいる。
穏健派の皮をかぶってはいるが、彼は紛れもなく強硬派だった。

†

ジグが宿に戻った頃には、既に街は寝静まっていた。
屋台もなく結局食べ損ねたため、空腹を抱えて部屋に戻る。
他の部屋の住人を起こさないように、足音を殺して歩いていく。
「ん？」
自分の部屋から僅かに明かりが漏れていることに気づいた。
警戒しながら気配を探ると誰かがいるのが分かる。
物取りだろうか。
武器に手を掛けながらゆっくりと扉を開ける。
そこにいたのはシアーシャだった。
ベッドに座り蠟燭《ろうそく》の明かりだけをつけて、ぼんやりと窓の外を眺めている。
警戒を解いたジグが部屋に入ると、物音に気づいてシアーシャがこちらを向いた。

薄桃色の唇が緩く弧を描く。

「おかえりなさい」

掛けられた言葉に少し声が詰まってしまった。

そんな当たり前の言葉を掛けられたのはいつ以来だろうか。

「……ああ、ただいま」

「遅かったですね」

「依頼が入ってな」

「結局仕事してたんですか？　ジグさんも私のことあまり言えませんね」

苦笑しながらシアーシャが近づいてくる。

彼女が腕を組むように顔を近づければ、ふわりと女性特有の甘い香りがする。

「……血の匂いがします」

「そういう仕事だったからな」

「怪我はありませんか？」

「無傷だ」

「ならいいです。ご飯まだですよね？」

そう言って離れる。

魔術を使い明かりをつけると食事の準備を始めた。

二人分を用意するシアーシャにジグは首をかしげた。

「シアーシャも食べていないのか？」

夕食時はとっくに過ぎている。

シアーシャは苦笑いしながら飲み物を注ぐ。

「ええ、まあ」

「わざわざ待っていなくてもよかったんだぞ？」

「私もそうしようとは思っていたんですけどね……」

†

「ジグさん遅いなー」

ジグは夕食の時間になっても帰ってこなかった。

パーティー仲間との顔合わせが終わった後、親睦を深めるという名目で昼食をとりながら、動きの確認や出現する魔獣の攻撃方法や弱点などのミーティングを行った。

最初はぎこちない言葉しか交わせなかったが、意識を切り替えた後は悪くない交友関係を築けたと思う。

「明日は初のパーティー冒険者業ですか。今までも一人というわけではありませんでしたけど」

明日の準備も済ませた。

後は夕食をとって早めに寝るだけだ。

それにしても。

「お腹が、すきました」

ジグが戻る様子はない。

彼には悪いが先に済ませてしまおう。

宿を出ると繁華街に向かう。

夕食時で人も多い繁華街を歩きながら品定めする。

馴染みのレストランもいいが、新規開拓を怠《おこた》るのも主義に反する。

「今日は冒険するとしましょう」

出遅れたこともあり店はどこも混んでいる。

そのため屋台が立ち並ぶ方へ行く。

良い匂いが立ち上る屋台を前に真剣に吟味する。

「いろんな料理を食べられるのは屋台の魅力ですよね」

いくつか目星をつけてまずは主食を選ぶ。

「お一つください」

「あいよ！　うお、ねえちゃん美人だねえ！」

「褒めても何も出ませんよ」

店員と軽口を交わしながらお目当てのものを手に入れる。

野菜と肉を平たいパンで挟んだものだ。

他にも欲しいものはいくつもあったが、とりあえず何かお腹に入れたい。

長椅子に座るとパンを頬張った。

「……ん？」

一口食べて首をかしげる。

疑問を確かめるようにもう一口。

「……あれ？」

味はする。

おかしなものが混ざっているわけでもない。

というか、美味しいはずだ。

少なくとも普段の自分ならば、喜んで食べているはずの味。

それをどういうわけか、美味しいと感じない。

まるで味のついた砂でも食べているようだ。

「……どうしちゃったんでしょう」

わけも分からぬまま、それ以上食べる気にならないパンを見つめた。

†

シアーシャの話を聞いてジグが考え込む。

「味は感じていたんだよな？」

「はい。しょっぱいのや甘いの酸っぱいの……色々試しました」

彼女の用意した食事はその時試したものなのだろう。

数々の屋台料理が並んでいた。

その一つを手に取る。

串焼きをじっくり眺めた後匂いを嗅ぐ。

タレの香ばしい匂いが食欲を誘う。

「おかしな匂いはしないいな」

肉を少量かじってゆっくりと咀嚼する。

舌の痺れや妙な味、異物が入っている様子もない。

ほぐすように調べた後に飲み込む。

美味い。

「妙なものは入っていないようだぞ？」

「ということは、原因は私ですか……」

心当たりがないシアーシャが頭を悩ませる。

食を楽しみにしている彼女は真剣だ。

このまま味覚が元に戻らなかったと考えると、背筋が凍る思いだ。

「いつからこうなんだ？」

「……夕食からです」

「昼はどうだった？」

「お昼はまだ普通でしたよ？　美味しくありませんでしたけど」

そうなると原因は彼女の体調によるものだろうか。

心因性にしても理由が不明だ。

「ふむ」

考えながら串焼きを食べる。

空腹だったため、あっという間に食べきってしまう。

美味い。

次に手を伸ばすジグをシアーシャが羨ましそうに見つめている。

しかしあの時のことを考えると手が伸びない。

そんな彼女を余所に次々平らげていく様子にシアーシャの腹が鳴る。

彼女も空腹なのだ。

「……ほれ」

そんな彼女に食べようとしたチキンを差し出す。

「う……」

怯んだシアーシャの鼻先で、フライドチキンのおいしそうな香りが鼻腔《びこう》をくすぐる。

葛藤が頭の中を彷徨《さまよ》う。

「いらんか」

食べようとしない彼女。

迷う彼女の前からチキンを遠ざけようとした時。

「くわっ！」

妙な音を立てながらチキンにかぶりついた。

空腹をこらえきれずに食べてしまったシアーシャが、あの味を思い出し目をつぶる。

「……ん？」

しかし口内に感じたのはあの味ではなく。

弾けるような弾力のモモ肉。

滴るような油と舌を刺激する塩胡椒。

「美味しいです……！」

「それはよかった」

彼女の求めるチキンがそこにはあった。

「疲れによる体調不良か、心因的なものかもしれんな。体力的には余裕があっても、元々の生活環境からずいぶん様変わりしたからな。気づかぬうちにストレスをため込んでいたのかもしれん」

「なるほろ」

「……食べるのを優先してくれ」

苦笑しながらジグも食べる。

詳しい理由は分からないが問題は解決したようだ。

皆が寝静まる頃。

二人はただ黙々と食事を続けた。

三章

疑わしきは罰する

WITCH AND MERCENARY

朝のギルドで、初のパーティー冒険者業に向かうシアーシャを見送る。

初日なので日帰りで調査と常駐依頼をこなすようだ。

以前も倒した蟲型《むしがた》魔獣を討伐する予定らしい。

「気を付けて行ってこい」

「はい。ジグさんもお気を付けて」

自分は冒険者業をやらないから問題ない。

そう言おうとして先日のことを思い出して口をつぐむ。

シアーシャはその様子を見て笑いながら、臨時パーティーの下へと歩いていく。

彼女を迎え入れたのは半分以上が女性の冒険者だ。

二人男性が交じっているが、シアーシャを見る目によこしまな気配は感じない。

「二人とも彼女持ちで同じパーティーにいるから、手を出される心配はない」

彼らを見ながら考え事をしていたジグに、リスティが近づいてきた。

紹介した手前気にしてくれているのだろう。

顔合わせの時も同席して上手くつないでくれたと、シアーシャに聞いている。

「本人が嫌がらないのなら、手を出すこと自体を止めるつもりはないさ」

「……そうなの？」

意外な言葉に、リスティは不思議そうに首をかしげる。

シアーシャとの距離感を見ていると、護衛というのは建前でそういう仲なのかと思っていた。

「護衛対象に手を出すようでは、傭兵としての信用に関わるだろう。……とはいえ、真面目に全てを相手していては、行動に支障が出るからな。ある程度はお引き取り願うさ。それより、何から何まで世話になった。助かる」

「助けてもらったお礼。これぐらいはしないと」

それについてはしっかり報酬をもらっているのだが。

そう言ったが、それでは彼女の気が収まらないと色々世話になってしまった。

いずれ埋め合わせをせねば。

そう思いながらこの後のことを考えていると、受付に人だかりができていたのに気づく。

朝と夕は出立・帰還する冒険者でごった返すので、それ自体はさほど珍しい事ではない。

いつもと違うのは、殺気立った冒険者たちが揉めているということだ。

何人かの冒険者が受付に詰め寄っている。

「だから！　その情報をくれって言ってるんだよ!!」

「申し訳ありませんが、正当な理由もなく他の冒険者の事情をお教えすることはできません。お引き取りを」

対応しているのは、いつかの同行者申請書の説明をしてくれた受付嬢だ。

あの時同様、微塵《みじん》も表情を動かさず事務的に対応している。

冒険者という荒事に慣れた者たちが凄んでも、まるで動揺する素振りを見せない。

たとえ冒険者がギルド関係者に手を上げることはまずないと分かっていても、あそこまで堂々としているのは本人の気質だろう。

感心しながらその光景を眺める。

「肝が据わっている」

「あの人誤解されやすいけど、優しいんだよ？　今だって新人が対応に困ってるのを代わってあげてた」

「……そうなのか」

言われてあの時のことを思い出す。

ジグの時も素っ気なく容赦のない事を言われた。

しかし耳心地のいい事を言っても、同行申請者の危険がなくなるわけではない。

そう考えると容赦なく危険性の提示と、ギルドの保護が受けられないことを伝えるのは良心的ではある。

あれもまた仕事への誠実さがなせる業ということか。

「うちの仲間が斬られたんだぞ!?　それ以上の正当性なんかあるものか!!」

激高した冒険者が大声で叫んだ言葉に周囲がざわつく。

それでも受付嬢の表情は動かない。

「現行犯でない限り、今現在での判断に変わりはありません。こちらで情報を精査した後に、正当性が認められたならば追って連絡いたします。お引き取りを」

「っ、こ……のぉ!!」

怒りのあまり掴みかかろうとした男が、周囲の仲間と思しき冒険者に押さえつけられる。

「落ち着け！　気持ちは分かるが、ギルドに歯向かうのはいくらなんでもまずい！」

「放せ！　このアマ、一発ぶん殴ってやる!!」

抵抗虚しくそのまま羽交い絞めにされて引きずられていく。

周囲の冒険者がひそひそと話しながら、それを遠巻きに眺めている。

それを無表情のまま見送った受付嬢が、同僚に声を掛けた。

「……では私は先ほどの件について上に報告してきます。後のことはお願いしますね」

「は、はい。ありがとうございました」

今まさに暴行を受けそうになったというのに、この冷静さである。

「すごいな。見るに武芸の心得があるわけでもないのに、あの落ち着き様……何者だ?」

「……ジグだってあれぐらいは軽くあしらえるでしょう?」

「それはいざとなればどうとでもできる相手だからだ。仮に彼女と同じ程度の戦闘能力しか持っていなかったとしたら、あそこの新人と大差ないような対応しかできんだろうさ。……それは置いておくとして、聞いたか?」

「うん。冒険者が斬られたみたいだね。それもおそらく同業者に」

淡々と告げる彼女の声音に驚いた様子はない。

冒険者の間では珍しくないことなのだろうか。

「よくあることなのか?」

「……そこそこ」

職業柄、怪我も死人も珍しくはない冒険者。

その対象は魔獣に限った話ではない。

身内で報酬に折り合いがつかずに殺し合いになるもの。

冒険者業が上手くいかずに多額の借金を背負い、その返済のために成功している同業者を襲う者。

様々な理由で殺しが起こる。

冒険者の装備は魔獣に立ち向かうことを想定されているため、高額な品が多い。

下手な話、冒険者業よりよほど儲かるのだ。

しかし当たり前の話だが高額な装備をしているほど腕がよく、返り討ちに遭う可能性も高い。

「襲われないようにする方法は単純。強くなるか、クランに入って後ろ盾を得るか」

強くなれば襲われにくくなる、単純な話だ。

単純故に難しい方法でもあるため、大抵は後者を選ぶ。

クランに入れば仲間とみなされ、自分に手を出せばクラン全体が黙っていないという抑止力に繋がる。

その分やらかした時の制裁も苛烈なものになるのだが、よほどのことがない限り賠償金や厳重注意などで済む。

駆け出しの冒険者は、報酬分配などで揉めた際に立場が弱いため、クランに入るのを目標にすることが多い。

「つまり今回斬られた男は、クランに入っていなかったということか」

「……ううん。斬られた人は知らないけれど、さっき騒いでた人の方は、確か所属していたはず。その彼の仲間なら多分同じところに入っていると思う」

「……クランに入っていれば襲われにくいのではないのか？」

「それは本当。現にさっきの彼みたいに報復しようという人が多くいるはず。一人でいる人を狙うよりリスクは跳ね上がる」

それでも襲われたということか。

「その男に、クランの報復を超えるほどの襲われる理由があったということか?」

「可能性は低いけど、単純に衝動的な犯行かも」

情報が少なすぎて考えてみても答えは出ない。

「冒険者が冒険者を襲う、か……」

当然シアーシャも襲われる可能性がある。

その場合にどこまで対処すればいいかで頭を悩ませる。

ジグのいた場所では、襲ってきた相手は殺せばそれで終わりだった。

刃を向けた相手を始末するのは当然で、それに対する非難など誰一人として考えもしない。

だがここではそうはいかない。

自分一人ならばそれでもいいが、今は考えなしに殺せば護衛対象の活動の妨げになる。

とはいえ害意を向けてきた相手を野放しにすれば、二度三度と同じことが繰り返されるだろう。

「面倒だな」

これまでやってきた手段が通じないため、考えることが増えた。

シアーシャやイサナに偉そうに言ってきたが、自分もやり方を変えなくてはならないようだ。

†

リスティはジグの様子を横目でじっと見ていた。

先日のライルの言葉を思い出す。

彼の話では、シアーシャは底が読めず恐怖すら感じるとのことだった。

先日の顔合わせに参加してそれとなく観察していたが、彼が言うほどの何かを自分では感じ取れなかった。

目下気になるのはジグの方だ。

街の人間ではないのは分かる。

これほどの腕があって噂にならないのはおかしいし、何より彼が傭兵だという点だ。

この辺りで傭兵業が盛んな国なんて聞いたこともない。

街にいる傭兵とは冒険者崩れの者が多く、そのほとんどが何かしらの問題行動をして除名されている。

傭兵とは成るものではなく落ちるもの。

それがリスティだけでなく大多数の認識だった。

（腕のいい人間が除名されないわけじゃない。でもその行き着く先は、大抵はマフィアの用心棒やチンピラたちのお山の大将が関の山。ジグからその手の問題児の匂いは感じない……不思

議)

†

リスティと別れて向かった先は鍛冶屋《かじや》だ。

本当は昨日の内に見て回る予定だったのだが、急な仕事が入って中断せざるを得なかった。

武器と蒼金剛の硬貨を購入して散財したが、アランとイサナからの仕事の報酬が入ったために懐は暖かい。

なおイサナは金欠だったために、報酬は族長から頂いた。申し訳なさそうに耳をヘタレさせている彼女は少し面白かった。

店内に入ると防具を見て回る。

武器は今のもので十分だが防具が貧弱だ。

手甲脚甲だけでは防ぐのに限度がある。

これから先の魔獣との戦いを視野に入れると、防具はいい物を揃えたい。

重量はそれなりにあっても問題ないが、動きを阻害するタイプのものは避けたい。

双刃剣は体全体を使って振るうため、肩回りの可動域が非常に重要なのだ。

しかし防具の性能を上げると、一体型の鎧タイプのものが多く、そうでないものは値段が非常に高い。

「中々いい物が見つからないな……」

目当てのものが見つからずに、店内を彷徨っているジグを見かけた店員が近寄ってくる。

「何かお探しでしょうか？」

見れば以前も対応してくれた店員だ。

大きな店なので、他にも店員はいるはずなのだが何かと縁がある。

以前も求めるものを見つけてくれた彼女なら、今回も上手くいくかもしれない。

そう考えたジグは、自分の要望を細かに伝えてみた。

「値段を抑えて頑丈で動きを阻害しないものですか……」

「……すまん、無理を言いすぎた」

こうして口にしてみるとなんと贅沢な要望だろうか。

軽くて頑丈で安い防具など、皆欲しいに決まっている。

それができれば苦労はしないからこそ、装備に頭を悩ませるというのに。

「ありますよ」

「あるのか⁉」

こともなげに言って見せる店員に驚く。

驚いた後で、そんな都合のいい物があるわけがないと考え直す。

「条件付きなんだろう？」

「はい。こちらになります」

そう言って指すのは、一部が何かの甲殻のような胸当てだ。

他と大した差があるようには見えないそれを、店員が説明する。

「魔獣の中には防御術を得意とするものもいます。これはその甲殻を利用した胸当てです。甲殻自体の強度は高いわけではありませんが、これに魔力を通すことで飛躍的に強度が上昇します。防具自体も軽く、同程度の強度を持つ防具よりお値段も手頃になっております。難点は魔力をそれなりに消費する点と、魔力を通していないときに不意打ちをされた際に簡単に破壊されてしまうことです」

魔獣素材を利用した武器が優秀ならば、防具もまた優秀ということか。

魔力量に自信のある者ならば、安く高性能な防具を手に入れられるのは魅力的だ。

しかしここでも魔力か。

店員の説明を聞いて、ジグは非常に残念そうな顔をする。

「……お気に召しませんでしたでしょうか」

「ああいや、そういうわけではないんだ。……説明していなかったが、俺は魔具が使えないんだ」

「魔力量に不安があるようでしたら、補給用の回復薬を携帯するという手もありますよ」

微笑みながら代替案を提示する店員に、気まずそうな顔をするジグ。

（長く利用する店ならば、ある程度の説明も仕方がないか。説明不足が致命的な行き違いを産む可能性もある。装備関係でそれが起きるのは極力避けねば）

「……何か事情でも？」

話さないリスクが、話すリスクを上回ったと判断したジグは、悩んだ末に事情を話すことにする。

「このことは他言無用で頼む」

「……承知いたしました。法に触れぬ限り、お客様の個人情報は守ります」

ジグの雰囲気から重要なことだと察した店員が頷く。

「……俺は魔力がないんだ」

自分にとって当たり前のことを、こんなに勿体ぶって言わねばならないことに何とも言えない気分になる。

しかしジグにとっての当たり前と、彼女にとっての当たり前はイコールではない。

「まさか、そんな……」

その情報は彼女を驚愕させるに足るものだったようだ。

口元を抑え声が漏れるのを押しとどめている。

魔力をあって当然のものとして生活している彼女らには、それなしで生きていくことが如何に困難なのか想像するだけで恐ろしい。

実際は違うのだが、事情を知らない彼女からすればジグがこのことを隠したがるのは当然と捉えた。

ジグは黙ったまま彼女が落ち着くまで待つ。

「……理由は、分かりました。そういうことであれば私も詳しくは聞きません。それを踏まえたうえで装備を選ばせていただきます」

「助かる」

彼女はプロだった。

客の信じがたい事情にも深入りせずに、自らの役目を果たそうとしている。

しかしそんな彼女にも抑えられない好奇心というものがあった。

「お客様は身体強化を使わずにその武器を使ってらっしゃるのですか？」

ジグの背にある双刃剣を見て言う。

店員の身長ほどもある武器は非常に重く、強化術を使った冒険者ですら敬遠するほどの扱いにくさだ。

以前ジグに紹介したもう一つの両剣。切れ味に特化したあの緑がかった剣であれば技量次第かもしれないが、ただでさえ両剣の使い手自体珍しいのに、この重量武器をまともに運用できる者などそうはいない。

「ああ。自前の筋力で使っている」

「……そう、ですか」

魔力がない事よりもその方がよっぽど驚きだ。

そう言いたいのを驚異的な精神力で抑え込み、仕事に戻った。

その後も店員と相談しいくつか防具を試してみたものの、これといった品は見つからなかった。

あちらを立てればこちらが立たず。

それなりの値段の防具では、機動力か耐久力どちらかを犠牲にする必要があった。

重量は問題ないのだが、重量だけあって軽装な防具などというチグハグなものがあるはずもない。

「この価格帯ですと、どうしても耐久力を求めると大型化してしまうのは避けられませんね」

「やはり予算を増やさねばならないか」

「申し訳ありません……」

店員が頭を下げる。

彼女はよくやってくれているが、もともと無理を言っている自覚のあるジグはわずかに罪悪感を覚えた。

「いや、いいんだ。その代わりと言ってはなんだが、相方の防具は良さそうなのが見つかったからな」

魔力を通すことで強度が上がる防具は、何も鎧のようなタイプばかりではない。

法衣やローブのような魔術師用の防具も多くある。

単純に固くなるだけでなく、なんと障壁のようなものが発生するという装備まであった。

シアーシャを連れてまた来ようと考えていると、店員は懸念があるようで難しい顔をしている。

「魔術師用の防具は、もともとの強度が低いため魔力消費が激しいものが多いんですよ。攻撃と防御の魔力配分を誤ると、非常に危険な事態に陥ることがありますが、お連れ様の魔力量は大丈夫ですか？」

「ん……まあ、そこに関しては心配ないだろう」

彼女の懸念の正体を知るとつい苦笑してしまう。

心配する彼女に失礼だと思い口元を手で隠す。

「……そういえば、以前持ってきた鎧長猪《よろいおさいのしし》を倒したのも彼女と言っていましたね。となると、相当魔力には自信が？」

「俺も詳しく聞いたわけじゃないが、魔力が不足していそうなところは見たことがないな」

詳細は濁しつつも、十分な魔力があることを伝えておく。

魔力量において彼女に心配は無用というものだ。

魔術が当たり前のこの大陸においても、魔女という彼女の存在はなお異質。

具体的に聞いたわけではないが、シアーシャとこちらの魔術師が使う魔術を見比べただけでもある程度の察しはつく。

ちょっとやそっと魔力消費の効率が悪い程度ならば、ものともしないだろう。

護衛対象としても、彼女の防御が上がるのは優先したいところだ。

「今日のところはこのくらいか。また今度相方を連れて探しに来るよ。今日はすまなかったな」

「いえ、お役に立てず申し訳ありません。次いらっしゃるまでに女性魔術師用の防具を見繕っておきますね」

本当に気の利く店員だ。

こういう丁寧な対応がこの店の利益の一因でもあるのだろう。

彼女の厚意に改めて礼を言って店を出た。

鍛冶屋を出てしばらくは、消耗品を買い足すために雑貨屋を回る。

特に靴下は厚いものを十分予備に持っておかなければならない。

仕事柄均《なら》されていない場所を歩き回ることが多いため、足回りの装備には十分気を使う必要がある。

ここに手を抜くと、必ず後悔すると身をもって知っているジグは費用を惜しまない。

「そんなに熱心に足回りの準備をする人初めてだよ。冒険者って武器とかばっかり気にしてるかと思ってた」

商品を真剣に吟味しているジグが気になったのか、店番の少年が話しかけてきた。

冒険者と勘違いしているようだが、訂正するのも面倒に感じたジグはそのまま商品を見ながら答えた。

「何を言う。下手な武器よりずっと大事だぞ」

「ほんとぉ？」

武器より靴が大事など信じられない。

そう言いたげな少年はジグの言葉に懐疑的だ。

駆け出しのころの自分も、彼と同じ考えだったのを思い出して苦笑いをする。

「考えてもみろ。武器がなくても戦える。腕が動かなくても逃げられる。だが足が動かなくてはどちらもできない」

「……まあ、確かに」

「動けなくなった奴は助けを待つか死ぬしかない。そして来るかも分からない助けを待てるほど、俺は楽観的にはなれない」

命以外なら何をおいても足を守れ。

ジグも先輩の傭兵に口酸っぱく言われたものだ。

『足が無事なら自分で下がれる！　歩けないやつを撤退させるのに、何人手をふさがせる気だ？　歩けねえならいっそ死ね!!　そうすりゃ戦力の低下は一人分で済む』

ひどい言い草だが理にはかなっている。

歩けない兵というものは、それだけ足手纏いということなのだ。

目的のものを選び終えると、店番の少年に料金と一緒に渡す。

「毎度。……運ぶ？」

少年は慣れた手つきで数えると、その金額に配送代も含まれていることを察した。

「ああ、配送も頼む。場所は……」

買い込んだ品を宿に送るように頼む。

近頃は臨時の仕事もこなしているため、この程度の散財は問題ない。

「商品は夕暮れ前には届けるよ。部屋にいなければ宿の女将《おかみ》に預けておくからそのつもりで」

「分かった」

消耗品を補充し終えると、ジグは向かう先を以前も行った裏路地へと変える。

目的は情報屋との伝手《つて》を作ることだ。

以前情報屋を探していた時は、イサナに邪魔をされてそれどころではなかった。

あれ以来なかなか時間を作れず後回しにしていたのだった。

先日もイサナからの依頼で丸一日掛かったこともある。

「……考えてみると、あいつに毎度出鼻を挫《くじ》かれているな。あいつが距離を置かれているのは、単純にトラブルメーカーだからじゃないか？」

本人がいないところで好き放題言いながらさり気なく周囲を窺う。

人は多いが知り合いなどは見当たらない。

取り越し苦労かと苦笑して歩を進めた時。

「あ、いたいた。良かった、見つけられて。すみません、ちょっとお時間よろしいですか？」

「……」

明らかに自分に声を掛けていると思われる男が、こちらに向かってきているのであった。

またも目的の出鼻を挫かれたことに辟易《へきへき》としながら、声の男を見る。

戦闘とは無縁そうな人の好い笑顔の男。

しかし不機嫌そうなジグの視線を受けてもたじろがない様子を見ると、一般人ではなさそうだ。

そんな人物に声を掛けられる心当たりがない。

「俺に何か用か？」

「申し遅れました。私は冒険者クラン、ワダツミの事務管理を任されておりますカスカベと申します。ジグ＝クレイン様でよろしいでしょうか？」

「そうだ」

クランの人間ならば、荒っぽい人種にも耐性があるのにも納得だ。

隠しているわけでもないため、彼が既に名前を知っていることに驚きはない。

調べればすぐに分かる情報だが、これはつまり彼が明確な目的をもって接触してきたということだ。

心当たりを探るが思い当たることはなかった。

「当クランは優秀な新人を積極的に勧誘しております。つきましては近頃目覚ましい成果を上げるシアーシャ様に、是非我がクランへ加入をお願いしたいと思いまして」

カスカベの話はクランへの勧誘だった。

そう言えば、受付嬢からもそういうことがあるかもしれないと聞かされていたのを思い出す。

実年齢はともかく、傍《はた》から見ればシアーシャは若く優秀な人材だ。

おまけに見目も非常に良いため、クランの広告塔にもなる。

彼女につられて加入者が増えれば、クランの規模も増す。

その彼女をスカウトした人物は、クラン内での発言力も大きくなるというわけだ。

なので各クランが彼女を勧誘するのに不思議はないのだが……。

「そういうのは普通、本人に勧誘に行かないか？」

ジグが冒険者でないことは知っているだろう。

あくまで護衛である彼に、この手の話が来るのはおかしな話だ。

当然の疑問にカスカベは少し困ったように笑いながら話す。

「はい、勿論伺いました。しかしご本人様から、そういうのはあなたを通してくれ、と」

「俺はマネージャーではないんだがな……」

ジグがいたのは傭兵団であって、冒険者クランではない。

クランの良し悪しなど、素人でしかない自分に投げられても困るのだが。

「……よろしければ、当クランに来てみませんか？　実際に活動している冒険者を交えて、クランでの資金面での支援や加入した場合に受けられる恩恵など、詳しいご説明をさせていただきます」

彼の提案に、話を聞くくらいならば損はないかと前向きに検討し始める。

(それでも集団に属したことのないシアーシャだけで判断するよりはマシ、か)

断るか悩んだが一度自分が話を聞いてみることにした。

クランというものを実際に見て、所属するメリットとデメリットを見積もっておきたい。

どの程度行動に制限がつくのか、どの程度抑止力となってくれるのか。

直接見ないと判断がつかないことも多い。

「分かった。話を聞くだけでよければ行こう。本人はいないが構わないか？」

「はい。話を聞いて興味が出ましたら、また後日シアーシャ様を連れてお越しくださいませ」

ではこちらへ。

そう言って歩き出すカスカベの後に続いた。

彼の案内で歩くことしばし。

繁華街の西方面へ向かっているようだ。

進むにつれて雑貨などの日用品を売る店がなくなり、代わりに冒険者向けの道具などを売る店が増えてきた。

その中に紛れて、二階建ての大きめの建屋が見えてくる。

「お待たせしました。ここがワダツミのクランハウスでございます」

「詰所まであるのか。中々大きいが、有名なクランなのか？」

「総合的には中堅より上くらいでしょうか。当クランは新人冒険者への支援が充実しているため、生還率が他クランと比べても非常に高いのが特徴でして。実力の高いベテラン冒険者もいるのですが、若手のフォローを仕事として割り振っているため、上位のクランには一歩及ばないのが正直なところです」

新人の成長に力を入れているため、今は雌伏《しふく》の時ということです。

そう言って誇らしげにするカスカベ。

新しい層をうまく成長させないと組織としての未来はない。

それ自体はとても褒められるべきことだと思う。

しかしジグには一抹の懸念があった。

（古参の冒険者が不満を溜め込んでいないのだろうか）

聞いていると、若手を重視するあまり、古参冒険者が割を食っているようにも捉えられる。自分の冒険者業が軌道に乗っているときに、それを止められて新人のフォローに回されることを面白くないと考えるものもいるだろう。

誰も彼もが先を見た行動を受け入れられるわけではない。

そんなことを考えながら、カスカベに招かれて中に入る。

中では、ワダツミに所属している冒険者たちが、談笑したり仕事のことを話し合ったりしている。

「意外と綺麗だな」

冒険者の詰所なのだから、多少の不衛生さは覚悟していたが、中は掃除が行き届いており、そのまま食事でも出せそうなほどであった。

「うちのトップが綺麗好きでして。清掃業者とクランで長期契約しております」

「清潔なのはいいことだ」

仕事柄、周囲には身だしなみに気を使わないものが多かったため、ジグの反応も良い。

一人の冒険者がカスカベたちに気が付くと近寄ってきた。

「カスカベさんおかえりなさい。……彼が？」

「はい。丁重に扱ってください」

「分かりました。……申し訳ないが武器をお預かりする」

流石に武器を持ったまま交渉というわけにもいかないようだ。

抵抗はあったがそこは譲るしかないかと諦めて渡す。

「重いから気をつけてくれ」

「ああ……うおっ!?」

ジグに手渡された武器のあまりの重さに、冒険者が体勢を崩しかける。

それを予想していたジグは慌てずに支えた。

「手を貸そうか？」

「だ、大丈夫だ」

冒険者はそう言って今度はしっかりと持ち直した。

その視線が食い入るように双刃剣に向けられている。

「どうかしたか？」

「……いや、珍しい武器だと思ってな」

珍しい武器を見ただけにしては、すこし過剰な反応にジグは首をかしげる。

「二階へどうぞ」

しかしカスカベに促されたので、さして気にも留めずついていく。

クランの上役など、来客や大規模な仕事の説明をする際などは二階を使うようだ。

二階には説明役と思しき者の気配がする。

階段を上がりながら一階を見ると、冒険者の数が少ないことに気づいた。

「規模のわりに人が少ないんだな」

「今は皆、仕事に行かれているのでしょう。この時間帯は休みのメンバーが顔を出すくらいですからね」

「常駐はいないのか？」

傭兵団の詰所などは、非番の日でも不測の事態に備えてある程度は人を残しておいたものだが。

ジグの言葉を聞いたカスカベが、笑いながら階段を上っていく。

「もちろん、常駐する者もおりますとも。何かあった時のために備えは必要ですからね」

自分の認識は間違っていなかったようで安心した。

しかしそれと同時にそれが意味することに怪訝な顔をする。

「それはつまり、何かしらの事件があったということか？」

カスカベはなおも笑いながら進む。

「はい、ありましたとも。実はその件に関しては、私に調査を任されていましてね。――現在対応中でございます」

「……ほう」

階段を上り切った先。

二階には複数の冒険者が武器を持って待ち構えていた。

敵意を剝き出しにする彼らは、とても穏便な話をしようという雰囲気ではない。

後ろを見れば下にいた冒険者たちが階段と出入口を固めている。

袋の鼠と化したジグに、カスカベが変わらぬ笑顔のまま向き直った。


「こちらの話をする前に、少々お話を聞かせてもらいましょうか」


冒険者たちが今にも飛び掛かりそうな雰囲気の中。

ジグは肩を軽く竦めるとカスカベを見る。

相も変わらず人の好さそうな笑顔を浮かべている彼は、この状況を作り出した張本人だ。

ジグはため息をつくと、カスカベに話しかけた。

「先に一つ聞いてもいいか？」

「なんでしょうか」

「……俺の目が節穴なのか、あんたの演技が上手いのか。どっちだと思う？」

憮然としたように言うジグに、カスカベは少し苦笑して答えた。

「後者……ということにしておいた方が、お互いによい気分になれそうですね」

「違いない」

皮肉気に笑う。

その笑いを引っ込めるとジグが冷たい声を出す。

「で？　何を聞きたいんだ」

「お前がやったんだろう!!」

ジグの問いに答えたのは、カスカベではなく冒険者の一人だった。

怒りを抑えきれぬように血走った目を向けている。

それをちらりと見返したジグがカスカベの方に視線を向ける。

「話が見えないんだが」

「しらばっくれるんじゃ……」

「まあまあケインさん。ここは私にお任せを」

なおも叫ぼうとするケインと呼ばれた冒険者をカスカベが宥める。

それで怒りが収まったわけではないが、このまま押し問答をしても話が進まないと理解し口をつぐむ。

それを確認したカスカベが頷いてジグに事情を話す。

「昨日、私たちのクランメンバーが襲撃を受けました。まだ若いですが優秀で、将来有望な冒険者です。応戦したものの五人いたうちの三人が死亡、二人が意識不明の重体です」

どこかで聞いたような話にジグが反応する。

（そういえば朝にギルドで騒ぎが起きていたな）

冒険者が斬られたという騒動が起きていたらしいことを思い出す。

「……それで？」

先を促すジグにカスカベの表情が初めて変わる。

顔そのものは笑顔のままだが、目つきが刺すような鋭さを帯びてジグに向けられた。

「今朝がたそのうちの一人が目を覚ましました。すぐにまた意識を失いましたが、彼から襲撃犯の特徴を聞き出せたのですよ」

カスカベはジグの表情をほんの僅かたりとも見逃さぬように観察する。

「……襲撃犯は一人。かなりの腕前で五対一でも逃げ出すのがやっとだったとのことです。そして、ここが一番大事なことですが――両剣を使っていたそうです」

口にしながらもジグの反応を窺う。

「ほう。俺以外にもあれを使う奴がいるのか。珍しいことだ」

しかし望む反応は得られなかった。

ジグの態度は何も変わることがなく、動揺を隠しているような気配は感じられない。

（これが演技ならば見事な物です。しかし私の罠を見抜けなかった彼に、そこまでの腹芸ができるでしょうか？　……どちらにしろ、問いただす必要がありますす）

自らがその容疑者に上げられていることを知ったジグは肩を竦める。

「それで、俺がその襲撃犯だと？」

「状況証拠だけですが、私たちはその可能性が高いと考えています。違うのですか？」

「ああ、違う」

「……実力者、それも両剣の使い手がそう何人もいるとはとても思えませんが」

「そう言われてもな。現にこうしているのだから仕方あるまい」

疑っているものからすれば、とぼけているかのようなジグの反応に冒険者たちの敵意が膨《ふく》れ上がる。

それを手で制して宥めながらカスカベが詰問を続ける。

「その誤解を解くために、私の質問に答えて欲しいのです。ご協力願えますか？」

カスカベは協力という形をとってはいるが、その実脅迫と何も変わらない。

しかしジグはさして気にした様子もなく平然と頷いた。

「構わないぞ。答えられる範囲でなら答えよう」

「では早速ですが、昨日は何をしていましたか？」

「店を回っていたな」

嘘はついていないが、足りていないことが多すぎるジグの答え。

カスカベはそこを細かく指摘していく。

「……それだけではないでしょう。あなたの行動は調べさせていただきました」

ギルドでシアーシャを見送った後に、魔装具を取り扱う店で何かしらを購入。

店を出たあと、知人らしき人物と会話をした後に裏路地へと消えた。

「調べてあるなら聞く必要ないんじゃないか？」

「私たちが調べられたのはそこまでです。裏路地に行ってからの行動が、全く掴めていません。私たちが知りたいのはそこなんですよ。……その間は一体何をしていましたか？」

「仕事だ」

簡潔な答え。

しかしカスカベたちが、待てどもその内容を一向に言う様子がない。

しびれを切らしたカスカベが続きを催促する。

「……仕事の内容は？」

「言えないな。仕事の内容をペラペラ喋るような真似はできん。冒険者もそれは同じだろう」

裏路地に消えてから姿を見たものはおらず、その間は仕事をしていたが内容は言えない。

不審極まりないジグの答えに、カスカベが大げさにため息をついた。

「ジグさん。この状況でそれが通るとでも思っているんですか？　……はっきり言いますが、力尽くで聞き出してもいいんですよ」

「脅された程度で口を割るようでは、信用が落ちるんでな」

「……あまり迂闊な発言は控えた方がよろしいかと。ただの脅しと思っているのなら考えを改めてください。仲間を害された彼らを、私の言葉で抑えつけるのも限度があります。こちらとしても手荒な真似は最終手段にしたい」

必要とあらば、それも厭わないと言外にそれを告げた。

それは事実で、既にワダツミの冒険者は爆発寸前だ。

武器もなく、数で囲まれているジグがこれ以上彼らを刺激すればどうなるか。

「断っておきますが、殺しを恐れていると思っているのならば考えが甘いですよ。私たちは安易にあなたを始末するよりも、それを指示したものを突き止めようと考えておりますので」

仲間をやられてその返しも満足に出来ないとなれば、ワダツミは他クランから舐められ、侮られる。

交渉の際も仇討すらできない半端ものとして扱われることになる。

そうなればクランの信用は地に落ち、身内を守れないクランなどメンバーも離れていくだろう。

「あなたは傭兵だそうですね？　つまり、殺しも請け負うこともあるということですよね」

「……少し、違うな」

ジグの言葉にカスカベが眉をひそめる。

「少し、といいますと？」

（苦しい言い訳を）

そう思い相手の言い分を聞いて、そこから追い詰めてやろうと促す。

「殺し〝も〟ではない。殺し〝を〟受けているんだ」

副業ではなく本業。

殺しこそ傭兵の仕事。

ジグは当然のようにそう言い放った。

「……なるほど」

この状況でそれを言う意味。

カスカベは笑顔を消して無表情になる。

それは覚悟を決めた者の顔だった。

「あなたに指示した者を教えてくれたのならば、命までは取らないよう交渉してあげてもいい。これが最大限かつ、最後の譲歩です。……あなたに依頼した相手と、その内容を話してください」

周囲の緊張が高まる中、黙って聞いていたジグが口を開いた。

「嫌だね」

ジグの返答を聞いたカスカベが、嘆息したように目を伏せた。

「……そうですか。では、あとはお任せします。喋れるようにはしておいてくださいね」

表情の消えた顔でそう告げると後ろに下がっていく。

それと入れ替わるように抑圧されていた敵意が吹き出す。

「ぶっ殺してやる！」

ケインと呼ばれた冒険者がまっさきに飛びかかった。

それを皮切りに周囲の冒険者たちも動き出す。

誤解は解けぬまま、装備も人数も非対称な戦いが始まった。


飛びかかってきたケインを無視しジグが駆ける。

冒険者が動くより早く、丸型のテーブルを加減して蹴り上げた。

「ふっ！」

九十度傾いたテーブルを再度、今度は渾身の力で蹴り飛ばす。

凄まじい勢いで吹き飛ばされたテーブルが、左右に展開して囲もうと動いていた冒険者たちに直撃する。

「ぐわあ！」

不意をつかれ、複数でいたために素早い回避ができず何人かがそれに巻き込まれた。

それに気を取られた冒険者の一人に、素早く距離を詰める。

咄嗟に振るわれた長剣を持つ手首を掴むと、剣を振るう勢いを合わせるように相手を振り回す。

「う、うお!?」

勢いそのままに相手を放り投げると、そのあとを追って走る。

左右に味方の体を避けた冒険者に、両腕を広げてラリアットを叩き込んだ。

円を描くように頭部が床に叩きつけられて動かなくなる二人を見もせずに、次の相手に向かう。

「調子に乗るな！」

そこにケインが割り込んだ。

振るわれる長剣を二度三度と躱し、腕を押さえて先程のように振り回そうとする。

しかしケインはそれに耐えた。

身体強化をフルに活用してジグの投げに抗う。

「やるじゃないか」

「ふざけた真似を！　武器もなしにどこまでやれるか見ものだな！」

「それもそうだな。では武器を調達するとしよう」

「させるか！」

自らの武器を奪わせまいとするケイン。

しかしジグの狙いは彼の武器ではない。

抵抗するために力を加えるケインとは逆に、力を抜いて体を横にずらす。

支えを失い、前につんのめる体を支えようとした軸足を払うと、転んだケインの足を掴む。

「お前が武器になるんだよ！」

「おわあああ!?」

ケインの両足をしっかり握り締め、強引に振り回すと周囲の冒険者に叩きつけた。

ケインが押さえている間に殺到しようとした冒険者が慌てて回避する。

「よせ！　ケインの頭が砕ける！」

回避の間に合わないものが武器や盾で防ごうとするが、その声に慌ててガードを下げる。

そこに振り回されたケインが直撃した。

頭部を守るため頭を抱えたケインの肘が、味方の頭を殴打する。

人一人分の重量を、遠心力込みで叩きつけられて無事なわけがない。

ひとたまりもなく打倒されていく。

味方の体を武器で防ぐわけにも行かず、迂闊に斬り込めばケインの体にあたってしまうため攻めあぐねた冒険者たち。

それに構わずケインを振り回して一人、また一人と倒していく。

最初は苦悶の声を上げていたケインも、だんだんと反応が弱々しくなっていった。

（そろそろまずいか）

意識を失ったのか、頭部を守っていた両腕が力なく伸びきったところで、ケインを放り出す。

それを体力が尽きたと判断した残りの冒険者が、攻めに動いた。

先程の戦闘から、徒手空拳に長けていることに気づいた相手が、迂闊に距離を詰めずに武器の間合いギリギリから攻撃を加える。

その分大振りになってしまうことで生じる隙は、味方が即座に攻撃することで埋めていく。

大振りな攻撃を掻い潜って距離を詰めることは可能だ。

しかしその隙を埋めるような攻撃まで対処するのは一撃が限度。

敵の数は残り三人いて、こちらから攻め込むのは難しい。

（武器を拾いたいが、その隙を許してはくれないだろうな）

今残っているのはジグの攻撃を躱し続けた実力者だ。

迂闊な行動は命取りになる。

相手の攻撃を躱していたジグの足が、よろけて膝をつく。

それを見逃さずに冒険者が動いた。

味方のフォローをしていた者も確実に仕留めるために動く。

同時に振るわれた武器がジグに迫る。

先程まで隙を潰すように時間差で繰り出された武器が、今だけは同時に振るわれていた。

膝をついていた状態のジグが動く。

低い姿勢のまま膝にためたバネで弾かれるように走り出す。

よろけたのはフェイントで、膝をついた状態からのロケットスタート。

強烈な踏み込みで床がひしゃげる程のダッシュで、相手の武器を掻い潜って肉薄する。

距離を詰めて速度を乗せたフックを、相手の横腹に叩き込んだ。

防具の隙間を突く一撃に、一人目が悶絶して倒れこむ。

勢いそのままに上段後ろ回し蹴り。

下がろうとした相手の頭部をギリギリ捉えた。

糸の切れた操り人形のように二人目が沈む。

「クソがァ!!」

最後の一人がやけくそのように振り下ろす長剣。

その柄を掌底でカチ上げガラ空きのボディに拳の二連撃。

よろけながらもそれを防具と気合で耐え切った相手が、最後のあがきとばかりに組み付こうとする。

「いいガッツだ」

降ってきた長剣を掴みとり、側頭部に剣の腹を打ち付ける。

刀身が折れ飛んで最後の男が倒れた。

「冗談でしょう……」

その光景を信じられぬ思いでカスカベが見ている。

（あの状況を覆した!? うちの最高戦力こそいなかったものの武器なしで、いや武器があったとしてもどうにかできるものじゃないぞ！ こいつ何者だ!? いや、それよりもどう対処する？）

想定外のことに、カスカベが考えを巡らせるも現状を打開する案は浮かばない。

残心をとったジグが、動けるものがいないのを確認すると、カスカベを見る。

無傷とは行かないが、多少のかすり傷程度しか負っていない。

「さて。お前はこの状況の落としどころをどう考えている？」

幸いなのはこの状況においてもなお、相手にまだ交渉の余地が残っていることだろう。いったいどれだけ荒事に慣れ親しんでいたというのか。

逃げ出しそうな体を無理矢理に押さえつけてそれに答える。

声が震えなかったのは彼の精神力の賜物《たまもの》だ。

「……仰る意味が分かりませんね」

「ここでお前たちを皆殺しにするのは簡単だ。それをわざわざ手間をかけて半殺しで済ませたんだ。その意図を汲《く》んで欲しいんだがな」

やれやれといったふうに肩を竦めるその姿を見て、カスカベがハッとする。

武器なしでこれほどの実力。

今日ここにいた冒険者は、中堅複数にベテラン少数の総勢十名。目の前の大男はその全てを打倒した。

もし彼に襲われたとしたら、優秀とはいえ若手五人程度が逃げ切れるだろうか。

（……不可能だ）

カスカベの冷静な部分がそれを即座に否定した。

この男が殺すつもりならば、五人とも皆殺しにされているはず。

殺しが目的でないにしても、わざわざ二人を生かす必要もない。

「……まさか、本当にあなたじゃないのか……？」

搾り出すように言った言葉に、ジグが心底辟易したといった様子で嘆息する。

「最初からそう言っているだろう」

口ではそう言いつつジグも、彼らが誤解するのも仕方がないと思っていた。

双刃剣使いなどそうそういない上に、事件と同日の不審すぎる自分の行動。

もとより仕事内容を話すつもりもないが、どちらにしろジィンスゥ・ヤの依頼を受けていたなどと言えるはずもない。

直接証拠がなくとも自分が疑われるのは当然。

（同じ状況なら、俺でもそいつが犯人だと考えるな）

とはいえ、だから仕方がないで済ませるほどジグは心が広くはない。

向こうでなら殺してしまえばいいが、それをこちらでやると面倒になる。

そのため何かしらの形で詫びさせる必要があった。

(加減が難しいな)

今まで貸し借りは命で清算してきたので、相場というものが分からない。

安すぎれば侮られまた襲われかねないが、高すぎてもそんな額払えるかと争いになりかねない。

いくらまで出せますかと、相手に聞くわけにもいかないためジグは黙ってしまった。

ジグの内心を知らないカスカベはその沈黙を非常に恐ろしく感じた。

「……」

落とし前の加減が分からぬジグと、迂闊に喋って状況を悪化させるのを恐れたカスカベ。

それぞれの思惑から言葉が止まる。

生まれた沈黙はそう長いものではない。

しかしこの状況を悪化させるには、十分な時間だった。

硬直する場を動かしたのは扉を蹴り開ける音だった。

何人かの足音が建物内に駆け込んでくる。

「増援か。……時間をかけすぎたか」

己の失策を悟り嘆息するジグ。

これを狙っていたのならば相当のやり手だ。

相手への称賛すら覚えてカスカベの方を見る。

しかし仲間が来たというのに、カスカベは焦るように表情を険しくする。

この増援は、彼の意図したものではないらしい。

ジグの想像を余所にカスカベは焦りを募らせていた。

（まずいぞ……こちらの間違いである可能性が高い相手に、これ以上の無礼は信用問題に関わる！　何とかして止めねば）

勘違いで暴行に及んだという事実だけでもまずいが、更なる恥の上塗りは阻止せねばならない。

一瞬でそこまでを考えたカスカベは、矢のような勢いで階段を駆け上がる足音の主に向けて声を掛けようとする。

「待っ……」

「下がれカスカベ！」

「ぐえっ」

しかし一瞬遅かった。

軽やかに階段を駆け上がってきた仲間に、襟首をつかまれて強引に後ろに放り投げられる。

非常時なので仕方がないが、声を出そうとしたところを冒険者の力で襟首を引っ張られて強く喉を圧迫された。

回転する体で何とか受け身を取ろうとするが、制御が効かずもがくカスカベ。

そのまま落ちれば死ぬかもしれない危険な状態だ。

呼吸もままならず落下する体を、別の誰かが受け止める。

比較的軽いとはいえ、大人一人の落下する体を軽々と受け止めるなど、まともな人間にはできない。

冒険者、それも身体強化に長けた者だ。

カスカベを受け止めた青髪の女性は、床に降ろして外傷がないのを確認するとすぐに上を向いた。

先に上った仲間が敵と斬り合っているようだ。

聞いたことがないほどに重い剣戟音と、仲間の実力を考慮し容易な相手ではないことを察して、援護に向かおうとする。

「無事ですね？　ここは任せて外へ退避を」

「げほっ、げほ……ま、待っ……」

「大丈夫です。私たちなら後れは取りません」

カスカベを置いていこうとする仲間に、待ったを掛けようとする。

しかし襟首を強く引っ張られたため、激しくせき込んで言葉が途切れてしまう。

「仲間の仇《かたき》は必ず取ります」

「げほっ、ち、ちが……」

なんとか止めようとするが声にならない。

その間に仲間は上へ走って行ってしまった。

それを真っ青になって見送ることしかできないカスカベ。

彼の内心を絶望が埋め尽くしていく。

それでも間に合ってくれと願いながら、悲鳴を上げる体に鞭打って後を追った。

†

「いやぁシアーシャさんすごいね！　魔術が得意と聞いてはいたけど、ここまですごいとは思わなかったよ！」

「ありがとうございます。リンディアさんたちもとてもいいフォローでしたよ？」

仕事を終えたシアーシャたちがギルドに帰ってくると、その日の成果を称え合った。

初日ということもあり簡単な討伐依頼を受けただけであったが、中々の好感触であった。シアーシャから見ればまだまだ未熟なところもあるが、比較対象が悪いことくらいは自覚している。

同じ等級の冒険者を客観的に見ると、リンディアたちの筋がいいのは間違いなかった。

「いやいや、私なんてまだまだ……ごめん今のウソ。同年代じゃ結構いい線いってるかと思ってたけど、上には上がいた！　まだまだ精進が必要だねこれは……」

そう言って頭を掻くリンディアに嫌味なところはなく、本心からそう思っているのが伝わってくる。

「良ければまた一緒に……ってなんだろあの騒ぎ？」

彼女たちが話しながら受付に向かう途中、人だかりができて騒々しい一角があることに気づいた。騒々しいとは言っても喧嘩や言い争いが起きているわけではない。

もっと別の、何か驚くような情報が入って来た時の騒然としたものだ。

「聞いたか！　ワダツミのクランハウスに殴り込みを掛けたやつがいるらしいぞ！」

「おいおいどこのクランだよ？　フガクあたりか？　あそこは昔から仲悪かったからなぁ」

「ちげぇ！　どうやら暴れているのは一人だって話だ！」

「……そいつ頭イカれてんのか？　半殺しにされんぞ」

「いや、それどころか片っ端からボコボコにしているらしい。さっき助けを呼ばれてミリーナとセツたちがすげえ剣幕で走ってった」

「冗談だろ……んなことできんのは三等級じゃ無理だな。二等級でも限られんぞ……誰だ？」

「それが分からねえって話だ。変な武器背負った見たことない中年大男がワダツミに入ったらしいんだが……」

「そんな奴いたっけ？」

喧々囂々《けんけんごうごう》。それでも自分たちには関係ないと肴《さかな》にしている冒険者がほとんどだ。おそらく関係者だと思われる冒険者はそれを聞いて慌てて走り出している。

「うわぁ……殴り込みって物騒だね。ワダツミって結構有名なクランだよね？　一体何がしたいんだろ……シアーシャさん？」

リンディアは反応のないシアーシャを見た。そして彼女が嬉しそうな顔をしていることに気づいた。

「うふふっ……本当に、おとなしく待っていられない人ですね」

見ているだけでぞっとするほどに美しい笑顔で、とても楽しそうに彼女は笑っていた。

†

「下がれカスカベ！」

カスカベの体が放り投げられた時にはジグも既に動いていた。

バックステップして足元の長剣を拾い上げると、突っ込んでくる相手の武器を受け止める。

続けて振るわれる連撃を弾き、いなし、躱す。

相手の胴を狙った流し斬りをいなし、立ち位置を変えるように距離を取る。

階段側に背を向けたジグが相手を見た。

二十歳《はたち》を超えるかどうかという若い女だ。

赤髪を後ろで一つに束ねていて活発そうな雰囲気をしている。

赤髪の女は鋭く目を細めてこちらの隙を窺う。

(できるな)

先ほどまでの相手とは段違いの実力者。

やや細身の長剣を肩口で構えた姿は、若いながらも堂に入っている。

その構えから実力を推し量ったジグは、先ほどまでのように手加減しながら切り抜けられる相手ではないと判断する。

(仕方がない。クランと揉めるのは避けたかったが、死んでしまっては意味がない)

最悪事情を話してイサナに証言してもらえば、アリバイは証明できる。

カスカベだけを生かしておけば、証人としては十分だろう。

謂《いわ》れのない疑いを受けて襲われているのはこちらのほうだ。

この場で殺しても正当防衛で、罪に問われる可能性は低い。

ジグはそう考えると、なんの抵抗も覚えずに相手を殺すことを決めた。

仕方がないが今日の夕食は肉をやめて魚にしよう。
それぐらいの気軽さで相手の殺害を是とする。
「ッ！」
赤髪の女は何かを感じ取り身を固くするが、その理由が分からずに困惑した。
相手から感じる気配には何も変わりがない。
長剣を下段に構えているだけで、何か仕掛けてこようという感じもしない。
だというのに、妙に首筋がチリチリとする。
（ヤバい、か？）
理性では問題ないと判断していても、勘が危険信号を発している。
彼女は自身の経験と才覚から勘を信じることにした。
相手への警戒度を上げ、その動きに注視して即座に対応できるように備える。
それが彼女の命を繋いだ。
ほんの一瞬。
緊張から瞬きをした瞬間に相手が距離を詰める。
自然な動作から繰り出された首への刺突を防げたのは、勘と運だった。
「……っ!?」
喉元まで迫っていた脅威を必死に弾くと、距離を取らせようと斬り返す。

しかし相手はそれを恐れずにさらに前に出た。

至近距離での袈裟斬りを、その巨体からは想像もつかない身軽さで対処した。

左肩を前に出して膝を柔らかく曲げ、ダッキングすると長剣の軌道を読み切って紙一重で回避する。

そして膝を曲げたまま腰をひねり、胴を狙った横薙ぎ。

「くっ」

強引に長剣を引き戻して、縦に構えて防ごうとする。

身体強化の出力を上げて、無理矢理に軌道を変えたせいで体が悲鳴を上げる。

それを無視して押し通した結果、なんとか間に合わせることができた。

しかしジグの構えを見て目を見開く。

ジグは長剣を左手一本で振るっていた。

右手は柄から放して拳を作り、横に寝かせた刀身の後を追うように放っている。

ジグの剣は防げても、縦に構えた剣では拳までは防げない。

十字に交わる二本の剣をすり抜けるように、ボディブローが叩き込まれた。

「がはっ!?」

肺から空気を吐き出しながら赤髪の女が吹っ飛んでいく。

浅い――ジグは手応えから相手に深手は与えられていないと気づく。

ボディブローが完璧に決まれば、その場で崩れ落ちるように倒れる。

あのように派手に吹き飛んだりはしない。

赤髪の女は直撃の瞬間、自ら後ろに飛んで衝撃をできるだけ殺したのだ。

そしてそれ以上にこの防具。

一見ただの皮鎧にしか見えないが、強力な魔獣の外皮を使っており魔力を通すことでその硬度を増していた。

(防具の上から殴られたのに、この威力かっ……！)

まともに食らえば、内臓を潰されていたのは間違いないであろう一撃に、彼女は慄《おのの》いた。

衝撃を殺して防具で防いだというのに、すぐに戦闘復帰するのは難しいほどの痛手を受けている。

内臓や骨は無事だが、呼吸を乱されたのが致命的だ。

あの男がそんな隙を逃すとは思えない。

吹き飛んだ赤髪の女がテーブルや椅子を巻き込んで倒れ伏す。

彼女が態勢を立て直す前にケリをつけるべく、ジグが走ろうとする。

「……チッ」

しかしジグはすぐに止まると、踏み込んだ足を軸にその場でターンして背後を斬りつけた。

見もせずに振るわれたその剣は、しっかりと受け止められる。

サーベルを手にした青髪の女が、敵意も顕《あら》わに斬りかかって来ていた。

新手に眉を僅かにしかめつつも攻撃対象を青髪の女に移す。

挟撃されてはまずいと考えたジグが苛烈に攻める。

手早く仕留めようと振るわれた長剣。

しかし相手もさるもので、その剛撃をいなしていくだけではなく同時に魔術を詠唱してジグに放った。

「器用だな」

近接戦闘をしながらの魔術詠唱は非常に難易度が高い。そう本で読んだジグは相手の技量に感嘆の声を漏らす。

先ほどの赤髪の女と同等以上の使い手のようだ。

生み出された氷槍が冷気を放ちながら迫る。

ジグは長剣を片手に持ち替えると、足元に転がっていた武器を足で跳ね上げる。

宙に浮かぶ曲刀を左手で掴み取り、氷槍を打ち払った。

青髪の女がそれを見て驚愕の表情を浮かべると、さらなる氷槍を作るべく詠唱を重ねる。

続けざまに放たれる魔術を曲刀の刃筋に沿わせるようにして流し、直撃弾を砕く。

曲刀は防御に徹して長剣で攻撃を続ける。

相手も徐々にジグの剛撃をいなしきれなくなってきた。一撃一撃が非常に重いジグの剣戟は確実に青髪の女から体力を奪っていく。

一際力を入れた一撃に相手の体勢が崩れた。

その隙を埋めるように撃ち出された氷槍。

「それは分かり易すぎるぞ」

「なっ!?」

それを予測していたジグは、斬り払った氷槍を相手へ蹴り返す。

回転しながら迫る氷槍。

崩れた態勢では躱しきれないため、止む無くサーベルで受ける。

それは致命的な隙だった。

氷槍を食らってでも距離を取るべきだったのだが、魔術を蹴り返すなどという曲芸に不意を突かれたせいでそこまで考えが至らなかった。

迫り来るは上段からの渾身の一撃。

(受けきれない)

それを絶望的な気持ちで、しかし諦めずに受けようとサーベルを構える。

ジグは躊躇いもなく振り下ろす。

しかしまたしてもその動きを止めざるを得なかった。

「……あと少しで楽にしてやれたものを」

「させない！」

復帰した赤髪の女が突っ込んでくるのを曲刀で防ぐ。

その分だけ勢いを削がれた長剣が、サーベルで止まった。ぎりぎりのところまで押し込まれるが、止めて見せた。

「っ……ぁぁあ!!」

九死に一生を得た青髪の女が、身体強化を限界まで引き上げて跳ね除けると、そのままジグへ斬りかかる。

青髪のサーベルを長剣が。

赤髪の長剣を曲刀が。

前後から振るわれる攻撃を厳しい表情で捌くジグ。

元々二人で組んでいたのであろう女たちの息のあった連携が、ジグを追い詰めていく。

捌ききれない斬撃が、体のそこかしこを掠めて血で染めていった。

それでも二人の女は攻めきれずにいた。

圧倒的有利な場面のはずなのに、その表情から焦りが消えることはない。

(化け物め！　なんでこれに対処できるんだよ！)

赤髪の女は内心で毒づきながら剣を振るう。

鋭く突いた剣をジグが引き込むようにして曲刀で受けると、剣の腹を膝で蹴り上げる。

空いた曲刀を腹部めがけて滑らせようとしたのを途中でやめて、体ごと回転させると腹部を狙っていた曲刀でサーベルを流す。

相方のサポートがなかったら今ので決まっていた。

その事実に背筋を凍らせながらも剣を止めない。

(冒険者ではない……これほどの実力者、なぜ今まで噂になっていないのです？)

青髪の女が相方の窮地を救うと、内心で疑問の声を上げた。

そもそもこの男が何者なのかも分かっていない。

クランで騒ぎが起きていると聞いて駆けつけてみればこの惨状。

相方が殺《や》られかけているので急いで加勢したが、二人がかりだというのにそれすら凌いでいる。

「っ!?」

受けた長剣が蛇のようにサーベルを絡めとり、掬い上げる。

剛から柔。

急激な変化についていけずに、武器こそ手放さなかったものの隙を晒してしまう。

その隙を埋めるように、被弾覚悟で相方が斬り込んだ。

二対一である以上相打ちはジグにとって痛手であるため、止む無くそちらに対処する。

しかし、きっちりと手傷を負わせてリターンを得るのは流石というべきか。

（考えるのは後ですね。意識を余所に向けて勝てる相手じゃない……！）

†

ジグは根気よく捌きながらも隙を窺っていた。

確実にどちらかを仕留められる瞬間を虎視眈々《こしたんたん》と待ち続けている。

絶好のチャンスと思えるタイミングは既に何度も見送っていた。

（まだだ、まだ焦るな）

迂闊な行動を見逃す相手じゃない。

一人を倒せても、もう一人を確実に処理できる余力を残さなければならない。

これが双刃剣であれば防御などお構いなく叩き潰せたのだが、ないものねだりをしても仕方がない。

その瞬間をただただ待ち続ける。

先に隙を見せたのは赤髪の女だった。

先ほどのボディブローが徐々に効いてきたのだろう。

激しい動きをするタイプなのもあって、スタミナが追いつかずに動きが遅れ始めた。

受け損ねた曲刀が彼女の体勢を大きく崩し、隙を作りだした。

そして生まれた隙を補うように青髪の女が動く。ジグの想像通りに。

(それを待っていたぞ！)

フォローに動いた青髪の女にジグが牙を剥いた。

二人に向けていた攻撃を、一時的に青髪の女一人に集中させる。

誘われた。

青髪の女がそう気づいたようだがもう遅い。

曲刀がサーベルを受けるとともに振るわれた長剣が、前に出過ぎた彼女の頭部をかち割ろうとした。

必死の形相で踏み込んだ脚に力を籠めてなんとか下がろうとする青髪の女。

しかしほんの僅かに間に合わず先端部が頭部に迫る。

ジグの膂力と遠心力が乗った剣ならば、先端が当たるだけでも十分に死に至らしめることができる。

(終わった)

女が自らの死を覚悟した。

その瞬間。

横合いから放たれた矢が窓を突き破り長剣に直撃する。

魔術で加速と軌道修正を行われた矢は、正確に長剣を打ち砕いた。

「なに!?」

勢いで長剣を弾き飛ばされたジグが、咄嗟に距離を取る。

絶好のチャンスを逃してしまったが、それよりも問題は。

(魔術の匂いを感じ取れなかった……遠距離からの攻撃か)

さらなる新手にジグの表情が険しくなる。

現状でも手に余るというのに、これ以上の増援など相手をしていられない。

不本意だが撤退する判断を下したジグ。

「そこまでだぁ！　おいたはその辺にしてもらおうか!!」

そこに男の野太い声が響いた。

無視しようとしたが、聞き覚えのある声にジグが逃げようとした動きを止めてそちらを見る。

カスカベを伴って階段を登ってきたいかつい男には見覚えがあった。

以前シアーシャとギルドで出会ったベイツだ。

彼はいかつい割に愛嬌のある笑顔をニカッとジグに向ける。

「事情はカスカベから聞いたぜぇ？　まあここは俺に任せちゃくれねえか」

「……やっと話の分かるやつが来たか」

これ以上の戦闘は必要ないことをジグが察すると、溜息とともに戦闘態勢を解いた。

事態をすぐに把握できたジグとは対照的に、赤髪・青髪の女たちは警戒を解かない。

彼女たちからすればジグは自分たちのクランで暴れていた上に、今まさに殺されかけた危険人物なのだから当然ではあるが。

「ベイツさん、どういうことなんですか？」

武器を構えたままベイツに問いかける赤髪の女と、無言で有利な位置に移動している青髪の女。

彼女たちにお構いなく、ジグは自分の手当てを始める。

所々破けている服と酷使した防具が、またしても余計な出費となるのを見てため息をついた。

警戒心剥き出しの自分たちなどいないかのように振舞うジグに、赤髪・青髪の女たちが表情を険しくし、ベイツが愉快そうに笑った。

「だからまずは武器を降ろせって。詳しいことはこの惨状を何とかしてからだ。まずは倒れている奴らに手を貸してやってくれ。カスカベ、テーブル直すの手伝え」

「はい」

「……後で絶対説明してもらいますからね」

ベイツに促され渋々動き出す。

まだ警戒は解いていないが、ジグが余りにも他人事のように手当てしているのを見ていると、自分だけ気を張っているのが馬鹿らしくなったようだ。

倒れている仲間を介抱して下に運ぶと、医者を呼んで診てもらう。

幸い死人も致命的な怪我を負っている者もおらず、しばらく安静にしていれば問題なく快復するとのこと。

二人が医者の言葉に胸をなでおろす。

「おい、こっちは片付いたぞ。そろそろ始めようや」

「今行きます」

「あ、ついでに奥に立て掛けてある武器も持ってきてくれ。珍しい武器だからすぐに分かる」

「……？　はい……」

そう言われて取りに行く。

そこにあった武器に思わず二人が息をのんだ。

「ちょっと、これって……」

「……本当に、どうなっているの」

クランで騒ぎになっている襲撃犯の手がかり。

その武器が置いてあることで混乱が隠せない。

しかし持っていかないことには始まらないと考え、それを持って二階へ上がる。

「重い……」

「来たか、まあ座れや。その武器はジグに返しておけ」

手当てを終えたジグが近づくと、二人は反射的に身構えてしまいそうになる。

ジグの危険性を身をもって知っているからこそ、彼に武器を返すのに抵抗があった。

しかしベイツに無言で促され、仕方がなくゆっくりと手渡す。

自分の武器を受け取ったジグは、それを自分の脇に立て掛けて椅子に座った。

利き手側に置いていつでも取れるように右腕をだらりと下げているあたり、見た目ほど気を抜いているわけではないようだ。

それを確認したベイツが、ようやく事情の説明を始める。

「さて、と……何から話したもんかな。うちのクランメンバーが襲撃を受けた事件については全員知っているな？　そしてその襲撃者の武器が両剣だったことも」

ベイツの言葉に、全員が無言で頷くのを見て話を続ける。

「両剣使いで腕が立つ奴なんかそうはいねぇ。そうなると当然容疑者も絞られてくる。そこで疑いの目が向かったのがジグってわけだ」

ベイツはそう言ってジグを見た。

ハリアンの街に来たのは最近で珍しい両剣使い。

聞いたところによると腕もいい。

疑われる要素は十分であった。

「この件を任されていたカスカベもそう考えた。んで早速手駒揃えておびき出して話を聞いてみれば、怪しい話が出るわ出るわ。こいつは真っ黒じゃねぇかと思ったカスカベが、ちょいと痛い目に遭えば口も軽くなるだろうと手を出した。その結果が……」

この有様さと身振りで示す。

それに疑問の声を上げたのは青髪の女だった。

「怪しい話とは、どのような？」

「おうそれだ。俺もそこんところは詳しく聞いてなかったな」

「そ、それは……」

カスカベはその問いに言葉を濁さざるを得なかった。

ちらりとジグの方を見るが、関心なさげに外を眺めている。

ベイツが無言の圧を掛けてくるのに耐えきれず、カスカベがジグとの問答をそのまま話した。

「……なるほどなぁ」

事情を聴いたベイツが顎髭をさすりながら難しい顔をする。

「怪しすぎじゃん！　誰が聞いてもそいつが犯人だと思うよ!!」

赤髪の女がテーブルを手で叩きながら抗議する。

ベイツへの敬語も忘れて、ジグを指差す彼女にカスカベが冷や汗を浮かべる。

それにお構いなく憤然とした様子でジグに詰め寄った。

「あんたが素直に話してればこんな大事にならずに済んだのに、何にも思わないの!?」

「……冒険者がどうかは知らんが、傭兵は仕事の内容をペラペラ喋ったりすると信用に関わるんだよ」

「それが自分の命に関わることでも、でしょうか？」

二人の会話に青髪の女が割り込む。

ジグはそちらへちらりと視線を向けると、相手の目を見た。

興奮する相方よりは話になると判断したのか、少し考えてから答える。

「……程度によるな。状況次第では依頼主に確認を取ることもある」

「今回はその必要がなかったと？」

「あんたたちが出てくるまでは、なかったな」

カスカベが引き連れていた冒険者たち程度ならば、脅しにもならずに蹴散らせる。

直接はそう言わないものの、ほぼ同義の言葉にカスカベがうつむいて唇を噛む。

ベイツが苦笑いしながらその肩を叩く。

「あーそういや紹介がまだだったな。こっちの赤いのがミリーナ。そっちの青いのがセツだ」

「ジグだ」

ベイツの紹介にフンとそっぽを向くミリーナと、無言で頭を下げるセツ。

「ではジグさん。今ならば答えてもらえますか？」

「断る」

先ほどの口ぶりならば答えてもらえるはず。

そう考えてセツが再度尋ねるが、即答で拒否されて眉をひくつかせる。

「……理由を聞いても？」

「俺の疑いは既に晴れていると考えている。話す理由はない」

「疑いが晴れているという根拠は、どこから来てるんですか？」

怪訝な顔をして尋ねるセツに、ジグは無言でカスカベの方を見た。

その意図を汲んだカスカベがセツたちに向かって説明する。

「ジグ様が襲撃犯である可能性は低いと考えています。私がクランメンバーに襲わせた際も、ジグ様は死人を一切出さず極力軽傷で済ませていただきました」

「……それは信用を得ようとしていただけかもしれない」

ミリーナが疑い深くその可能性を指摘する。

そこにベイツが口を挟んだ。

「お前ら、ジグとやり合ったんだろ。どうだった？」

二人は先ほどのことを思い出して眉をひそめた。

渋い顔をしたままのミリーナに代わってセツが答えた。

「強かったです。援護がなければやられていました」

あれだけ有利な条件が整っていても届かなかった。

自分の実力に自信があっただけに、その悔しさも一層だ。

二人の様子を見てベイツが笑う。

「身をもってそれを味わったお前らに質問だがよ。ジグがちょっとばかし腕の立つヒヨッコ五人を仕留め損なうと思うか？」

「それ、は……」

あり得ない。

この男が万全の状態で襲ってきたならば、将来有望な若手五人程度じゃ相手にもならない。

それを先ほどの戦闘で嫌というほど思い知った。

「だからよ？　そういうわけだから、あんまり当たり強くいかないでほしいんだよなぁ……」

言葉尻が情けなくしょぼくれるベイツにミリーナが首をかしげ、その意味を理解したセツが顔を真っ青にする。

「どうしたんだベイツさん？　そんな深刻そうな顔をして」

「……ミリーナさん」

「な、なんだよ……？」

事態を理解していない彼女に、カスカベが神妙な顔をして事の深刻さを説明する。

「ジグ様が襲撃犯でない場合、我々がしたことは一方的に疑いをかけて拉致監禁したのち暴行尋問、殺人未遂……立派な犯罪です。ジグ様が憲兵、あるいはギルドに駆け込まれるだけで、ワダツミはまずいことになります。最低でも主犯格は冒険者資格を剝奪されて豚箱行きでしょうね」

ジグが冒険者であれば、ギルドから圧力をかけて示談に持ち込むこともできたかもしれないない。

しかし身内以外にこれだけやらかしてしまったとなれば、如何にギルドといっても庇いきれない。

若く実力のあるミリーナとセツは、クラン内の若手冒険者の人望が厚い。

その彼女たちがこんな不祥事をしでかしたとあっては、クランの求心力もガタ落ち。

手塩にかけて育てた若手冒険者たちも愛想を尽かしてしまうだろう。

事の深刻さを理解したミリーナが、遅ればせながら真っ青になる。

顔色が悪いワダツミメンバーがそろってジグの方を見る。

「……何かの間違いでお前だったりしねえ？」

一縷《いちる》の望みをかけて願望を口にするベイツ。

「あまり多くは言えんが、ギルドで信用のある人物からアリバイを証言してもらうこともできる」

しかしジグに無慈悲な現実を突きつけられて沈没する。

「ジグ様。単刀直入にお聞きしますが、どの程度の賠償をお求めでしょうか」

意を決したように、カスカベがジグに向き直ると示談の交渉を始めた。

交渉、とは言っても即死級の被害を何とか致命傷に抑える程度しか期待できないかもしれないが、それでもやらないよりはマシだ。

カスカベの全面降伏ともいえる質問に、ワダツミの面々が驚きの顔を隠せない。

「……賠償？」

「はい。先ほどもおっしゃったように、ジグ様がその気になれば今回無礼を働いた者は、私含め豚箱行きになります。しかし私共も、仲間の敵を討ちたい一心で動いてまいりました。何卒、それを考慮したご寛恕《かんじょ》を乞う次第でございます」

あくまで仲間のためであり、悪意があったわけではない。

そう訴えるカスカベにジグは頭を悩ませる。

彼らがどうなろうと知ったことではない。

しかしクランメンバーが捕まったとなれば、恨みを持った者が仕返しに来る可能性もある。

許容範囲外の要求をすれば、なりふり構わず消しにかかってくるかもしれない。

規模こそ変わったが、落としどころが分からないという意味では、ジグにとっての状況はあまり変わっていなかった。

(面倒だ。本当に)

多少無理をしてでも、この二人を殺しておけば痛み分けということになっただろうか。

そんなことすら考え始めたジグが、剣呑な目でミリーナたちを見る。

賠償の話をした直後に見目の良い女性二人を見たジグ。

ミリーナとセツが身の危険を感じ、その視線の意味を見事に誤解した男二人がそれも致し方なしと非情な判断を下す。

カスカベが沈痛な表情で頷く。

「……なるほど。分かりました、すぐに手配を」

「ちょっ、カスカべ!?」

「……すまねえなぁ。俺が不甲斐ないばっかりに。だがこれもクランのためだ。分かってくれ」

「……ベイツさん、嘘ですよね？」

仲間から人身御供《ひとみごくう》にされそうになり取り乱す二人。

カスカべとベイツも、クランと二人を天秤にかけたらその判断も止む無しと受け入れるしかない。

着々と話が進んでいくのに付いていけずにジグが困惑する。

「おい、何の話だ？」

「決まってるじゃないですか。お二人の身柄をお譲りするためです」

「……話が見えないんだが」

「ええ、分かっておりますとも。ジグ様は何も要求されておりません。これはあくまでも私たちの誠意。そういうことですね？」

あえて言葉にしない意味もしっかり理解しているとカスカベ。

ベイツも腕組みして神妙な顔をしている。

「まあ、なんだ。売る俺が言うのもなんだが、悪い奴らじゃねえんだ。大事にしてやってくれ」

「何か勘違いしているんじゃないか。俺は――」

話が妙な方向に進んでいると感じたジグが待ったを掛けようとした。

しかし遅すぎた。


「ジグさん、お買い物ですか？」


落ち着いた声色。

しかしその場の誰もが、その声に動きを止めざるを得なかった。

幾ばくか動きの鈍くなった首を動かして声の方を見る。

いつからいたのか、階段の手すりを掴んだシアーシャが笑顔のままこちらを見ていた。

「いったい何を買うんでしょう？　私も仲間に入れてくださいな」

楽しげにこちらに歩み寄るシアーシャ。

その体からは魔術の匂いこそしないものの、渦巻く魔力がジグにすら感じ取れるほどに濃密だ。

カスカベたちには、蜃気楼《しんきろう》のように景色が揺らめく様が見えている。

「し、シアーシャちゃんよく来たね！　いや、実はこれ」

――一瞥《いちべつ》。

冷や汗を流したベイツが言い訳をしようとするのを、ただそれだけで黙らせる。

凍り付いたように動きを止めたベイツ。それに構わずゆっくりとした足取りでジグの横に立つと肩に手を置き、ジグの顔を覗き込んでにっこりと微笑んだ。

美しい彼女の花開くような笑顔。

しかしそれが与える印象は笑顔とは程遠い。

「……早かったな。仕事はどうだった」

シアーシャの目を見ずに絞り出した声。

掠れていないのはジグの並外れた胆力によるものだ。

「成功でしたよ？　万事滞りなくです」

「……そうか、良かったな」

「はい。良い経験になりました」

そう言ってころころと笑う彼女。

合わせるようにジグも笑おうとしたが、頬を引きつらせただけに終わった。

「それで？」

「……」

下手な誤魔化しはいたずらに寿命を縮めるだけになる。

本能でそう悟ったジグは端的に伝えた。

「こいつらが、勘違いで襲った詫びに女二人を差し出すと言ってきてな。断っているんだが、何かしないことにはあちらも引っ込みがつかないと聞かなくてな」

少し早口になりながらも、要所のみを的確に伝えきる。

それを聞いたシアーシャが、ゆるりと首をカスカベたちの方へ向けた。

声も出せずに身を竦める三人。

ベイツは先ほどの一瞥から動いていない。

蒼く、どこまでも深い瞳が彼らを映し出す。

それに呑まれそうになりながらも目が離せない。

「ジグさんは私の護衛なので、女性を買っている時間は、ないんですよ。分かりますね？」

「……ぁい」

カスカベの喉から出たのは空気が掠れるような呼吸音のみ。

しかし意図は伝わったようで、満足気に頷いた魔女がその瞳から解放する。

「行きましょうジグさん。お腹がすいちゃいました」

そう言って腕を取るとジグを立たせる。

強引ではないが、有無を言わさぬ物腰に黙って従うジグ。

そのまま腕を組みながら動けないカスカベたちを余所に階段を下りていく。

「……貸し、一つだ」

かろうじて絞り出したその言葉を最後に、ワダツミにとっての厄災は去っていった。

†

ワダツミのクランハウスを出てから宿に向かう。

その道中もシアーシャは、ジグと腕を組んだまま一言も話さない。

(随分と機嫌を損ねてしまったようだな……)

誤解だが、休日とはいえ共に過ごす自分の護衛が女を二人も買おうとしていたのだから、無理からぬことではある。

ジグは表情には出さぬまま、どう機嫌を取ったものかと思案する。

だがその手の経験が浅いため、あまり良い案が思いつかないでいるとシアーシャがポツリと呟く。

「あんな感じでよかったですか？」

「……え？」

言葉の意味が分からずに、間の抜けた返しをしてしまう。

聞き返されたシアーシャがジグの方を見上げつつ首をかしげた。

「困っているようだったので、適当に抜け出せるように一芝居うちましたけど、余計でしたか？」

「あ、ああ……いや、助かったぞ。詫びとはいえ女なんて貰っても処理に困る」

（誤解だと気づいていたのか……いや、彼女は世間知らずだが頭はいい。気づいていて当然か）

それを利用してジグの役に立てたのだから、シアーシャも成長している。

「ですよね。ジグさんが女性を買うわけありませんよね？」

「あ？　ああ……」

多少、圧を感じるような気はするが、気のせいだろうと考えないことにする。

ようやくいつもの様子に戻ったシアーシャが、血の匂いに鼻をひくつかせた。

「ジグさん、また怪我していますね？　本当に生傷が絶えない人です」

あとで治療しましょうとなぜか嬉し気なシアーシャ。

多少、憮然としたようにジグがため息をついた。

「一応、俺から積極的に手を出したことはないんだがな……」

イサナの時も、この前の人身売買の時も、そして今回のことも含めてジグから手を出したことは一度もない。

相手から害意を向けられたときにのみ、それに応戦しているだけだ。

「そうなんですか？　そういえば仕事って感じでもないですが、今回は一体どういった状況で？　穏やかじゃありませんでしたけど」

「朝のギルドでの騒ぎを覚えているか？　あれの被害者が先ほどのクラン……ワダツミの連中らしい。そしてその容疑者の有力候補が俺だったんだ」

ジグはあの事件の詳細をシアーシャに説明した。

襲撃犯は一人で、双刃剣を使っていたこと。

五人相手を一人で半壊させ、死人まで出ていたこと。

自分がその時間帯はあまり表向きではない仕事をしていたので目撃情報がなく、仕事内容もおいそれと他人に教えられるものではなかったために黙秘したこと。

そこを怪しんだワダツミの人間に、暴力をもって聞き出そうとされたため相応の対処をしたこと。

誤解が解けたために、迷惑をかけた賠償をどう清算するかの交渉をしていたことなどを話す。

一連の話を聞いたシアーシャが複雑な顔をする。

「……確かに、状況証拠だけなら、誰がどう見てもジグさんが犯人ですね」

「俺もその自覚があったからこそ、なるべく殺さないように対処していたわけだ。……まあ、後から来た二人の方は殺すつもりだったが」

「私、もしかして余計なことしちゃいました……？」

賠償の交渉を完膚なきまでにぶち壊してしまったことを思い出して、シアーシャが気まずそうにする。

確かにその気になれば、ワダツミから大量に金を毟《むし》り取ることはできた。

一般的な感覚でいえば激怒してもおかしくはないが、ジグはさして気にした様子もない。

「いや、構わない。俺も丁度良い落としどころが見つからなくて困っていたんだ」

向こうでは〝落としどころは相手の首〟と相場が決まっていたが、こちらでそれを安易にやると非常に面倒なことになる。

今回は相手に任せるような形にしたため、向こうが勝手に相場程度の貸しを返してくれるだろう。

舐められて相場以下しか返さない可能性は、シアーシャが十分以上の脅しを入れてくれたため心配する必要はない。

魔女という生物の格が人間とは違うためか、彼女の発する威圧は尋常ではなかった。

「しかしそうなると犯人は誰なんでしょう？」

「さてな。わざわざ目立つ武器を使うのもおかしな話だし、普段は別の得物かもしれんな。どちらにしろ、俺たちには関係がないことだ」

「そうですね」

たとえ余所の冒険者が何人やられようと、ジグたちには関係ない。

目の前で犯行に及んでいるならばついでに倒すことも考えるが、そうでもなければこれ以上関わるつもりもない。

その事件についての話題はそれで終わりにすると、二人はこれからの冒険者業について話し合う。

臨時で組んだパーティーは、明日は休みにするそうだ。

シアーシャたちのペースが異常なだけであり、一般的な冒険者は休みと仕事を同じ日数を目安に活動する。

先日の大規模討伐で等級も上がっていたため、シアーシャが新しい狩場をいくつか見繕っていた。

その場所で生息する魔獣の特徴を聞きながら、次の行動指針を立てる。

「私としてはこの蜥蜴《とかげ》系の魔獣が出る場所が気になります」

「ほう、何でまた？」

蜥蜴に何か思い入れでもあるのだろうか。

彼女は得意気にその魔獣を狩る利点を説明する。

「実は一部の蜥蜴系魔獣は一風変わった魔術を使うらしいんです。その素材を用いた魔具や魔装具も中々に面白いものが出来上がるそうでして」

他に比べて一獲千金とまではいかなくとも、臨時収入を見込みやすいとシアーシャは語る。

彼女自身は臨時収入などより、一風変わった魔術が見たいのだろう。

ジグとしても魔具は扱えなくとも、特徴的な魔装具には興味があるので異論はない。

「では次はそこにしようか」

「楽しみですね。蜥蜴の皮を使ったローブとか結構惹かれます」

魔獣の素材の使い道を考えて楽しそうにするシアーシャ。

ジグは彼女の言葉にあることを思い出す。

「そうだ、鍛冶屋に行っても構わないか？　胸当てが駄目になってしまってな。買い替えたい」

先ほどの戦闘で、もともとガタの来ていた防具はとうとうその役目を終えた。

ミリーナとセツの攻撃に晒された胸当ては、既に襤褸《ぼろ》切れ同然で防具の体《てい》を成していない。

明日の冒険者業の前に買い替える必要があった。

破損した防具については、カスカベからワダツミに請求書を送ってもらうように言われていたので、財布の心配もする必要がなく気楽だ。

「大丈夫ですよ。行きましょうか」

そう言うとシアーシャが歩く方向を変える。

彼女に腕を引かれたまま繁華街を歩いて鍛冶屋へ向かった。

道中、街行く人の視線を集めるが、ここに来てからいつものことなので、慣れている二人に気にした様子はない。

いつもの鍛冶屋に入ると、一仕事終えた冒険者たちが店内に見受けられる。

しかしまだ早めの時間なので、そこまで混んでいるというわけでもなく、丁度良い時間に来れたようだ。

いつもの店員がジグたちに気が付いて接客する。

「いらっしゃいませ。早速来ていただいて申し訳ありませんが、実はまだお連れ様への候補を絞りきれていなくて……」

「いや、今回は別件だ。防具が駄目になってしまってな。急ぎで替えが必要になったんだ。昼間に見せてもらったやつを持ってきてもらえるか」

「……かしこまりました、少々お待ちを」

店員は昼間見た時は無事だった防具が、この短時間で見るも無残な姿になっていることに疑問を覚えたが、それを表に出さず裏方に指示を出す。

(彼は今日、お連れの女性がいないので休みにすると言っていたはず。つまり冒険者業以外で戦闘をしたということ。それにこの防具の壊れ方は魔獣によるものではない……あの噂も信《しん》憑性《ぴょうせい》が出てきた)


とある筋から流れて来た噂。

それを裏付けるかのようなジグの様子に、店員がどう対応したものかと思案する。

直接何かをせずとも、犯罪者に武器を流したとあっては店の評判に関わる。

しかし決めつけて追い出し、もし噂が間違っていた場合も同様だ。

それに何より自分の勘が、噂の内容に違和感を覚えていた。

あまりにも〝怪しすぎる〟。

衝動的な犯行ならばともかく、ここまで不審な点が見つかるのは都合が良すぎる。

それにもし彼が犯人だとして、ここまで堂々としていられるものだろうか。

「昼間いらっしゃったときは、ご予算の都合がつかないとのことでしたが、同じ商品でも構わないのですか？」

金をどう用意したのか遠回しに探ってみる。

すると予想だにしない、あまりにも直球の答えが返ってきた。

「金が入ったわけではないんだ。壊した相手に弁償させるだけだ。ワダツミの連中に仲間を襲ったやつと勘違いされてな。少々揉めた」

だ。

「……そうでしたか」

噂のことはワダツミも当然知っているものとは思っていたが、まさかもう動いていたとは。

そしてこうして何事もなかったかのようにしている以上、この話は既に終わったことのようだ。

(安易に動かなくて良かった。やはり噂は所詮噂ですね)

将来有望な客を逃さずに済んだことと、ワダツミの賠償ならば値段を気にせずに薦められることに商機を感じた店員は、これ幸いにとジグの要望を満たす防具を選ぶ。

しかしジグはそれに待ったを掛けた。

「あまり高いものは選ばなくていい」

「……よろしいのですか？　クランが賠償を申し出たのであれば、少々高いものでも出し渋るということはないと思いますが」

「身の丈に合わんものを使うと、なくなった時に苦労するからな。自分の稼ぎで買える範囲に収めたい」

どれだけいい物でも、装備は消耗品だ。

高価なものに慣れすぎてしまうと、安物に戻った時に感覚が狂ってしまう。

だからジグは、もし失っても自分の稼げる範囲で用意できるものを選びたかった。

〝身の程を弁えた道具を使え〟。

師の教えを思い出しながら、ジグはそう答えた。

「……かしこまりました。すぐに用意します」

店員は珍しい考えのジグに内心で驚きつつも、嫌な顔一つせずに動く。

普通は自分では手の届かない装備が手に入ると聞いて、喜ばない冒険者はいない。

それが他人の財布であるなら尚更だ。

高額な商品を売りつける機会を失うことになったのは残念だが、それとは別に収穫があったので彼女の機嫌は悪くない。

(面白い考えですね。でも長生きしそう。ここは堅実な商売がより大きな利益になると見ました)

そうと分かれば、昼間に見せた防具の中でも尖った所がなく、比較的ジグの反応が良かったものを選ぶ。

「こちらの商品はいかがでしょう?」

「……いいな。肩回りを少し加工してほしいんだが頼めるか?」

「お任せください。ではこちらへ」

目論見通り好感触を得られたことに満足しながら、店員とジグは話を詰めていった。

防具の調整が終わった頃には、店内は冒険者で溢れかえっていた。

人ごみを四苦八苦しながら抜けると、シアーシャが辟易したように言った。

「人ごみは苦手です……」

「すまんな、思ったより時間がかかった」

「あっいえ、気にしないでください。いい物が見つかってよかったですね」

「ああ。そっちも気になるものは見つかったか？」

ジグが防具を選んでいる最中、シアーシャは彼から聞いていた魔具としての機能も持った防具を見ていた。

シアーシャは求めていたものを見つけられたのか、満足そうだ。

「それはもう、沢山。試しに魔力を通してみましたが、あの程度の消費量ならば全然問題なさそうです。これで一気に選択肢が広がりますよ！」

流石というべきか、やはり彼女の魔力量は圧倒的なようだ。

「素材を持ち込んでオーダーメイドもできちゃうらしいです。その分予算も時間もかかっちゃうんですけど、それでも普通に買うよりはずっと安く済むんですよ。明日から狩る魔獣の中で、面白い術を使う個体がいたら是非倒してみましょう！」

興奮気味のシアーシャに苦笑しながら宿に戻った。

怪我を治してもらい、帰りに露店で買った夕食を食べると明日に備えて早めに眠る。

（四章）

選んだ道と、その結末

WITCH AND MERCENARY

日が昇る少し前。

ジグがいつものように走っている。

走るルートは飽きぬようにその日の気分で変えている。

繁華街周辺は粗方周ったので、最近はいつもより街の外れの方を地形の把握もかねて見回しながら行く。

ハリアンは裏道の類が多く、隠れた店や施設などもよくある。

地形を把握するのは傭兵の習性だが、その手の裏店巡りを好むジグの趣味とも合致している。

日々の走り込みにも張り合いが出るというものだ。

気になる雰囲気の店をチェックしながら、一定のペースで走り続ける。

「そろそろ引き返す頃か」

感覚からいつもの距離を掴むと、踵を返して別のルートで帰る。

同じ歩幅、同じペースで走っているため大体の方角が分かれば距離は問題ない。

そうしていつものように走っていると、前方に同じように走っている者がいた。

一定のペースで響く間隔と速さから、自分と同じように走り込みをしている者のようだ。

軽快に跳ねるような音から、女性か小柄な男だろうかと何とはなしに考える。

足を動かすペースは同じくらいだったが、歩幅が大きく違うためやがて追いついた。

「おはようさん。おたくも朝早くから精が出るね」

横に並んだ相手が愛想よく挨拶をしてくる。

男らしい口調だがその声は女性のものだ。

どこか聞き覚えのあるその声に、内心で首をかしげながら返事をする。

「ああ、おはよう」

相手も覚えのある声に、思わずというようにジグを見た。

「うん？　……げぇ！　あんたは昨日の……！」

声に驚き相手を見る。

後ろに括った赤毛を跳ねさせながら並走しているのは、先日殺し合ったワダツミの冒険者だった。

「確か、ミリーナだったか？」

「……その節はどうも。ジグ……さん」

顔をしかめながら、渋々といった風に名前を呼ぶ。

先日の失態、それに伴う諸々との感情の折り合いがまだついていないミリーナは、この男とどう接するべきか判断に悩んでいた。

先日のことを思い出すとまだ背筋が凍る思いすらするが、一応は手打ちということにはなっているはずだ。

しかし理性と感情は別物。

終わった話だからと言って、一度は殺し合った相手と何事もなく済ませることは難しい。

内心の緊張を押し殺しながら慎重に言葉を選ぶ。

「昨日は、本当にすいません……でした」

「いい、済んだことだ。あと、無理に敬語を使う必要はない」

「……それはどうも」

彼女の懸念とは裏腹に、ジグはそのことを根に持っている様子はまるでない。

そのことに安堵しつつも、ミリーナはこの場をどう離れたものか思案していた。

こちらから挨拶しておいて、顔を見たらそそくさと去るのは相手の機嫌を損ねるのではないか。

現在ワダツミはこの男に大きな借りがある状態だ。

あまり迂闊なことをするわけにはいかない。

(適当に世間話してお暇《いとま》するか)

そう考えると、当たり障りのない会話を出す。

丁度お互い走っているのだからと話題にする。

「あんたもよく走るのか？」

「ああ、日課だ。そっちもか？」

「あたし？　あたしは……まあ、思うところがあって」

何気なく返された会話につい言葉を濁してしまう。

つい先日、自分のスタミナ不足を思い知らされたから。

自分の実力に自負のある彼女は、そう口にするのを躊躇った。

口を閉ざしたミリーナの表情から、なんとなく事情を察したジグが走りながら口にする。

「いい腕していると思うぞ」

「……嫌味か？」

「そうではない」

捉えようによっては皮肉ともとれるジグの言葉に、少し恨めし気な視線を送りながら毒づく。

言ってからまずいかと思って恐る恐る見るが、ジグは呼吸を乱さぬまま淡々と答えた。

「才能がある奴は、腕が上がるのが早い。だが体力を作るのは才能ではなく積み重ねだ。才能がある奴ほど、上がる実力に体力が追い付かないんだ」

勿論個人差はあるが、体力をつけるのに近道はない。

地道で辛い積み重ね。

一で十を知る天才はそれを怠りやすい傾向にある。

多少の困難ならば才能でどうにかできてしまう上に、体力と実力の上り幅に差があるためだ。

それを嫌い、才がありながら伸びきらずに終わる者は多い。

体力が足りないと感じた時に、すぐに行動に移せるミリーナは確実に伸びる人間だとジグは感じていた。

「褒めてくれるのは有り難いけど、世の中上には上がいるじゃん」

消沈したようにこぼす声に、ちらりと横目でミリーナの方を見た。

心なしか肩を落とした彼女からは、僅かに諦観じみたものを感じる。

少し考えてから、師に言われたことを自分の経験を交えて口にする。

「上を見るなとは言わないが、見ることでやる気をなくすくらいなら、見る必要はないと思うぞ。やるかやらないか。結局はそこに尽きるんだからな」

「……そういうもんかな」

「そういうものだ」

それで会話が途切れてしばし無言で走り続ける。

規則正しく一定のリズムでなり続ける足音。

ミリーナはジグの方を見た。

彼は自分とは違い装備を身に着けている。

今からでもそのまま戦いに出られそうな格好をしているというのに、上体をぶらさず一定の呼吸で走っている。

対して自分は長時間走っているとはいえ、軽装だというのにわずかに呼吸が乱れ始めていた。

「……積み重ね、か」

しばらくは続けてみよう。

ジグの言葉にそう思わせるだけの説得力を感じたミリーナは、毎朝のメニューに走り込みを追加することにした。

ジグは知らぬことであるが、この大陸の人間は基礎トレーニングをあまりしない。

基本的に魔術で強化できて、その方がより強くなれるためだ。

体を鍛えるよりも、魔術の扱いを練習した方が結果的により強くなれる。

余計なトレーニングは、むしろ無駄な筋肉を増やして動きを阻害すると考えられている。

それ自体は間違いではない。

必要な部分を必要なだけ強化できる魔術ならば、無駄な筋肉を一切つけない効率的な運用ができる。

しかしどれだけ魔術で強化しようとも、動かすのは自らの体だ。

魔力は残っていても体力が尽きればそれまで。

それを理解している者は実は少なくない。

だが今まで魔術でどうにかしてこれたことを、今さらそれなしでやろうと思える者は非常に少ない。

それ故か身体強化を使えるこの地の人間は、瞬発力には優れていても持久力に難がある者が多かった。

その後ミリーナと別れたジグはいつものように汗を流し、身支度を整えてシアーシャを起こす。

ノックしてから部屋に入ると、ベッドに突っ伏しているシアーシャが目に入る。

うつ伏せで長い髪の毛も広がり放題のため、少し不気味だ。

その肩をゆすると、のそりと身を起こして寝ぼけ眼《まなこ》をこちらに向ける。

「おはよう。朝だぞ」

「……おうぇい」

相も変わらず朝に弱いシアーシャ。

肌着が乱れて目に毒な光景から視線を逸らしつつ、その顔に濡れた手拭いを乗せる。

「ぴょ」

やはり妙な擬音を発しつつ起きる。

彼女が起動するまで柔軟をして時間を潰す。

ここ最近は魔獣を相手にしているせいか、いつもと体の疲労のしかたが違う。

どちらが大変というものではなく、普段と違う体の動かし方をしているせいだろう。

いざというときに万全に動けるようにするため、入念に体を整えておく。

「お待たせしました。行きましょうジグさん！」

体が十分にほぐれた頃に、妙にやる気のあるシアーシャと二人でギルドへ向かった。

冒険者でごった返した朝のギルド。

「では行ってきます」

良い仕事を我先に取ろうと殺到する中に、シアーシャがずんずんと分け入っていく。

文句を言おうとした相手が、シアーシャの眼光にわずかに怯んで道を譲る。

しっかり加減しているのか、先日のように空気が凍り付くような威圧は発していない。

実はその加減を覚えるのに随分手こずったのだが、本人はそれを口にはしない。

「なかなか堂に入ってきたな」

最初は冒険者たちの熱気に気圧されていた彼女が、ああして躊躇いもなく進んでいく。

そのことに妙に感慨深い面持ちで頷いているジグ。

「そういうところが老けて見える原因じゃない？」

「……失敬な」

出会い頭に失礼なことを言う相手、イサナに渋面を向ける。

しかし一理あると一瞬でも思ってしまったために、ジグの返答にはキレがない。

その様子にイサナが白髪を揺らしながら笑う。

「……で？　そっちはうまくいきそうなのか？」

仕切りなおすように話題を変えるジグ。

イサナも深く追及はせずにそれに乗る。

内容が内容なので、具体的には口にしないがそれで十分に伝わる。

「ええ。それなりのところに落ち着きそう。しばらくは私たちにちょっかい掛けている場合じゃないでしょうからね」

そう話す彼女の表情は明るい。

どうやら交渉は上手くまとまったようだ。

依頼は終わったが、その後の経過が全く気にならないわけではない。

証拠も犯人もしっかり押さえているのだから、交渉自体はそう難しいものではなかったはずだ。

問題は部族を、ひいては族長をどう説得するかが最大の関門だ。

マフィアと交渉など、武人気質のジィンスゥ・ヤが素直に受け入れられるとは思えない。

どうやってか、結果的に上手くいったようだが。

少しだけ安堵しながら目を細めた。

「問題なく進んでいるようで何よりだ」

「うちの族長からも〝此度の件、感謝している。有事の際は力になろう〟と言伝を預かっているわ」

「……俺のこと、伝えたよな？」

ジグはその伝言を聞いて眉をひそめた。

仕事だから助けただけで、依頼次第では敵に回ることもある。

それを理解しているとは思えない言葉だ。

しかしイサナは苦笑いしながら肩を竦める。

「勿論伝えた。次は敵かもしれないってことも」

「御老体はなんと？」

「それはそれ、これはこれ、その時はその時。……だそうよ」

「……そうか」

（年老いた長は頭が固いと相場が決まっているが……中々どうして、器の大きい人物のようだ）

おそらくだが、部族の説得に上手くいったのも族長が積極的に協力したのだろう。

ジグとしてもこちらの線引きを弁えてくれるならば文句はない。

「承知した。報酬次第で次も仕事は受けると伝えてくれ」

「有事の助力は？」

「……気が向いたらな」

「了解」

しばし肩で笑っていたイサナが思い出したようにジグを見た。

「あ、そうだ。聞いたよ、昨日のこと。あなたワダツミで大暴れしたらしいじゃない」

「色々あってな……」

イサナに事情を説明していると、依頼を取ってきたシアーシャが戻ってきた。

良い仕事を取れたのだろうか、どことなく満足気なシアーシャが、イサナに気づいて挨拶をする。

「イサナさん、おはようございます」

「おはよう。今日も頑張るわね」

「はい、やりたいことが山積みなもので」

やる気に満ち溢れているシアーシャに、微笑ましいものを感じて懐かしい気持ちになるイサナ。

しかしこれではジグの事を言えないと思い直す。

「そう。張り切りすぎないように気を付けてね」

「はい」

そう言ってイサナも自分の仕事に向かった。

「私たちも行きましょう」

「ああ」

準備の最終チェックを終えると、二人も受付を済ませ転送石板で目的地に向かう。

転移石板で移動したのは、初めに来た森林のさらに奥地だった。

小型の獣型魔獣が多かったあそことは異なり、ここでは蜥蜴型の魔獣が多く生息している。

他の昆虫型や獣型もいることはいるが、小型のものはほとんど見かけず、大物が稀に見つかる程度だという。

「強さも今までの魔獣とは一味違うらしいので要注意、だそうです」

〝冒険者の手引〟と記された本を見ながら、シアーシャが解説する。

ジグは周囲を警戒しながら彼女の説明に耳を傾けた。

「この辺りから本格的に魔獣が術を使うようになってくるので、単純な強さとは違った難易度になります。対応力や判断力が試されるため、ここから先に進めるかどうかが冒険者の線引きになるようです」

「なるほどな。ここを越えられるかどうかは冒険者にとっては、意味が大きいわけか」

今回受けたのは七等級が受けられる依頼だ。

七等級以下が冒険者の過半数を占めることを考えれば、まさしくここが境界線といったところだろう。

無論シアーシャは、七等級で終わるつもりなどない。

さして気負った様子も見せずに進む彼女の後をついていく。

近場には他にも冒険者の姿が見える。

人口の厚い層なので仕方がないが、少し煩わしい。

「私たちは少し奥に行きましょうか。ここでは余所の冒険者と干渉しそうです」

他の冒険者と獲物の取り合いになることを嫌ったシアーシャが、人の少ない奥の方へと向かっていく。

しばらくそうして進み、周囲に他の冒険者も見えなくなった頃。

微かに届いた草木を踏みしめる音に、ジグが反応する。

「二時の方向、数は一。それなりに大きいな」

聞こえた音は小さいが、深く沈むような音は重量のある体を静かに動かそうとしたものだ。

武器を抜いていつでも動けるように緩く構える。

茂みをかき分けて一匹の魔獣が姿を現した。

体長は五メートルほど。

ぬるりとした鈍い光沢のある鱗を持つ大きな蜥蜴の魔獣が、舌をチロチロと口元から覗かせる。

宝石をそのまま埋め込んだかのような眼球が、こちらを警戒してギョロギョロとせわしなく動いている。

「お出ましですね。いきなり綺晶蜥蜴《きしょうとかげ》とは幸先がいいです」

「来るぞ」

しばらく威嚇《いかく》するかのように、こちらと対峙する。

しかし退く様子のないシアーシャたちを敵と判断した綺晶蜥蜴が、障害の排除に動いた。

ジグが独特の刺激臭を。

シアーシャが魔力の流れから。

二人は別々の手段で相手の動きに気づく。

唸るように掠れた鳴き声を上げる綺晶蜥蜴。

それに呼応するように、宙に生み出された結晶の礫が射出された。

日の光を浴びて輝く結晶は美しくも危険だ。

飛来するそれに、ジグが動くより先にシアーシャが手をかざす。

結晶と彼女の中間にある地面が盛り上がると、長方形の土で出来た盾を作り出す。

人ひとり覆い隠せるほどの大きさがあるそれに、結晶が直撃する。

土と結晶。

どちらが打ち勝つかなど、比べるまでもないほど分かり切っている。

しかし魔術で生み出された物は、本来の性質とは別に注ぎ込まれる魔力と使い手の技量に依存する。

結果、綺晶蜥蜴の結晶は粉砕。

シアーシャが生み出した土盾の表面をわずかに削り取る程度に終わった。

綺晶蜥蜴はなおも結晶を散発的に撃ちだすが、その悉《ことごと》くを防がれる。

効果がないことに気づいた蜥蜴が、攻撃をやめると身を強張らせた。

怯えたのではない。

さらに術を使おうとしている魔獣に、戦闘を放棄する意思は感じられない。

ジグが目を凝らすと、魔獣の体の表面を何かが覆っていくのに気づく。

「……なんだあれは」

魔獣の体を覆っているのは結晶だ。

結晶は徐々にその勢いを増していき、とうとう体のほとんどを覆った。

結晶の鎧を身に纏い、頭部からは大きな頭角を生やしている。

首をぶるりと振ると、頭角をこちらに向けて走り出す。

尾でバランスを取り四足を用いた走りは大きさの割に素早く力強い。

「面白い。力比べですか」

迫る魔獣にシアーシャが不敵に笑うと、魔力を注ぎ込み土盾をさらに生成する。

三枚まで増えた土盾を操り、三重にすると綺晶蜥蜴の突貫を迎え撃つ。

輝く頭角が突進の勢いを乗せて土盾とぶつかった。

一瞬の抵抗の後一枚目を貫き、二枚目の中ほどまで突き刺さった。

しかしそこまでだった。

深く突き刺さった頭角は抜けず、突進の勢いも完全に止められてしまった。

どうにか抜こうと足掻いているが、破壊した土盾が見る間に再生して頭角を固定してしまっている。

シアーシャはさらに四肢を土で拘束する。

「助かりました。どうやって素材を傷つけずに倒そうか悩んでいたんですよ。まさか自分から捕まりに来てくれるなんて」

土盾に手を置いて足掻く魔獣ににっこりと微笑む。

それを見た魔獣が一層激しく暴れるが拘束はびくともしない。

動けない魔獣。

じっくりと魔力を練って狙いを絞った地の杭が、結晶の鎧を容易く貫通し急所を正確に貫いた。

「む、結構固いですね」

倒した魔獣の眼球を抉《えぐ》り取ろうと、シアーシャがナイフを使って四苦八苦している。

彼女が苦戦しているのを横目に見ながら魔獣の鱗を剥ぐ。

鈍い光沢を持つ灰色の鱗を手に持ってみる。

「こいつはどういう素材なんだ？」

剥いだ鱗は思っていたよりも軽く、少し柔らかい。

このままでは防御の役割を果たせないだろうが、それはあくまで魔力抜きでの話だ。

「このっ、綺晶蜥蜴は、結晶を操る……よいしょっ！　取れたぁ……！」

宝石のような眼球を抉り出してジグに掲げる。

神経らしきものがでろんと付いていて、中々にグロテスクだ。

「結晶を作り出すのが鱗の性質で、その結晶を自在に操れるのはこの眼球のおかげなんです。左右で別々の術を制御しているらしいですよ」

「ほう。これは武器に使うのか？　それとも防具？」

「鱗は防具で、眼球は武器や魔具ですね。魔力がある限りいくらでも刀身を生み出せる武器とか作れるらしいですよ」

「おお！　それはとても興味深いな……」

武器の損耗は剣士最大の悩みどころだ。

それを解消できるのなら、これほど心強いことはない。

それだけにジグは自分に魔力がないことを心から悔やんだ。

興奮すると同時に消沈するジグを見て、シアーシャがおかしそうにする。

「結構魔力消費するらしいんで、言うほど便利ってわけでもないらしいですけどね。どちらにしろ面白い素材です。特に眼球の方は無傷で手に入れるのが大変なんで、価値が高いんですよ」

高く売れるが、素材にして魔具を作ってもらうのもいい。

眼球の使い道に頭を悩ませていると、名案を思いついたかのように顔を上げる。

「そうだ、もう一匹狩ればすべて解決です。そうと決まれば早く解体してしまいましょう」

そう言ってもう片方の眼球に取り掛かる。

シアーシャの強引な解決方法に苦笑しながら、ジグも自分の仕事を続けた。

その後も魔獣を順調に狩っていく。

しかしシアーシャのお目当てである綺晶蜥蜴は、それっきり出会うことがなかった。

成長が遅く、幼体の間は隠れていることが多いため珍しい部類に入る魔獣のようだ。

そのため道中見つけた魔獣の中で、依頼があったものを優先的に倒している。

「ふっ！」

ジグの双刃剣が襟巻きを巻いたような頭部の蜥蜴を叩き潰す。

すぐにその場を離れると、熱線が先ほどまでジグのいた場所に着弾する。

襟巻きを広げた蜥蜴が口から熱線を放ちながらジグを追う。

しかし木を盾にしながら高速で走り回るジグに追いつけない。

やがて息切れをするように熱線が途切れたタイミングで接近すると、一撃で胴体を吹き飛ばす。

灼光蜥蜴《しゃくこうとかげ》と呼ばれるこの魔獣は、襟巻きで魔力を収束させて放つのが特徴だ。

この辺りの魔獣の攻撃としては、かなりの高威力なのだが、溜めも遅く小回りが利かない。

おまけに燃費も悪いので、すぐに息切れをするため単体の脅威度としてはさほどではない。

群れていたり、他の魔獣との戦闘中に乱戦になると非常に厄介なので、駆除依頼が絶えないが、素材としての価値は少ない上に報酬金も高くはない。

その分ギルドからの評価値は高いので、等級を上げたい冒険者が積極的に受ける依頼だ。

「何故こいつらの素材は価値が低いんだ？　強力な魔術に思えるが」

討伐証明部位として襟巻きを剥ぎながら、シアーシャに気になったことを聞いてみる。

ジグに渡された襟巻きをシアーシャが紐を通してまとめながら縛っていく。

「一つは燃費の悪さですね。並の魔術師ではあっという間に魔力を使い切ってしまうそうです。運用できるほどの魔力を持っていたとしても、普通に術を使った方がずっと効率的ですから」

まとめた襟巻きを荷台に乗せる。

この荷台は魔具の一種で、通常の荷台とは違い車輪がついていない。

浮遊の術式が刻まれており、魔力を通すと腰ほどの高さまで浮かぶ。

紐を繋いで引けば地形に左右されない便利な荷台で、冒険者のみならず広く使われている。値段もそれなりにするのだが、レンタル業者もいるため間口は広い。

その荷台に先ほどの綺晶蜥蜴や灼光蜥蜴の素材が満載されている。

「もう一つは調節機能がない事です。常に最大出力で放射する性質があるので、微調整が一切利かないんです。これでは危険すぎて魔具にも使えません」

「強くはないが、放っておくと厄介で価値にならない魔獣というわけか」

それでは素材の価値が低いのも、冒険者に嫌われているのも当然というものだ。

「等級を早く上げたい私たちには、うってつけの相手なのでいいんですけどね。できればもう一匹くらい綺晶蜥蜴を倒したかったですけど」

未練がましく周囲を見回すシアーシャ。

だが既に荷台は一杯でこれ以上の荷物を持つのは難しい。

「今日はこれくらいにしておけ。もうこれ以上載らんぞ」

「残念です……荷台も自分たち用に大きいのを買いたいですね」

今使っている魔具はレンタル品だ。

ギルドと提携している業者が安価で貸し出してくれている、良くも悪くもそれなりの品。

破損したときはギルドが費用を負担してくれるが、当然ある程度は冒険者側も支払うことになる。

何より貸し出せる数に限りがある。

より多く持ち帰りたかったら、自前の荷台を用意せねばならない。

レンタルはギルド側も金のない初心者救済措置のため利益はほとんどない。

ある程度稼げるようになったら、自分たちで用意するのも冒険者としてのマナーだ。

剥ぎ取り終わった二人が荷物をまとめて帰る準備をする。

「しかし値段が上がるとどう違うんだ？　積載量が増えるのは分かるんだが」

「高性能なものだと持ち主の魔力波長を記録して自走してくれるらしいですよ。座標指定しておけば勝手に配達とかできるんですって」

「すごいな。そんなことまでできるのか」

「人間の技術探求心には本当に驚かされますね」

魔具談議に興じながら帰り支度を済ませると来た道を戻っていく。

「おい、あれ……」

「うん？　……おぉ、すげえな」

道中すれ違う冒険者たちが、魔獣の素材で満載になった荷台に目を奪われる。

まだ仕事上がりには早い時間だというのに二人でこの成果。

少なからず嫉妬の念を抱くものもいる。

そのほとんどが灼光蜥蜴だが、奥に非常に状態の良い綺晶蜥蜴が埋もれていることに気が付くと、幾人かの目の色が変わった。

綺晶蜥蜴の素材は高く売れる。

あれほど状態が良ければ、しばらくは遊んでいられるほどの金額になる。

金に困った人間を狂わせるには十分な金額だ。

数人の男たちが無言で目配せし合うと、散開して包囲するべく動きだす。

「待て」

その肩を掴む者がいた。

男たちはぎょっとして振り向く。

「なんだ、ケインか。脅かすなよ」

それが知り合いであると気が付くと、胸をなでおろした。

別の男が下卑た笑いを浮かべる。

「なんだ、お前も混ぜてほしいのか？　悪いが先に目を付けたのは……」

「あの二人には――」

ケインが男の言葉を遮るように喋る。

等級は同じだが、年下のケインの行動に男たちが苛立ちを覚えた。

ケインは男たちがこちらを見ているのを確認して、はっきりと伝わるように口にする。

「あの二人には、手を出すな」

命令ともとれるケインの言動に、男たちが剣呑な雰囲気を漂わせる。

「……おい、ケイン。正義ごっこは結構だが、あまり調子に乗るなよ？　てめえは確かに才能があるかもしれねえが、頭ごなしに命令される謂れはねえぞ」

ケインの胸ぐらをつかんで睨みつける。

その恫喝《どうかつ》を受けても、ケインの表情は変わらない。

男がさらに苛立ちを募らせながら脅し文句を口にしようとした。

しかし次のケインの言葉に耳を疑う。

「これは、ワダツミの意向だ。この意味が分かるな？」

「なっ……そんな、馬鹿なっ！　あいつらはフリーのはずだろう!?　なんでてめえらが出てくるんだよ!!」

「話す義理はない」

冷たく言い放つケインに疑惑の目を向ける。

しかし彼の言動には微塵の動揺も見られない。

（ブラフか？　クランが無関係の個人に肩入れするとは思えねえ。優秀な新人を自分のところに誘い入れたいんなら、俺たちに襲わせたところを助けてから恩に訴えりゃあいい話だ。理屈で言えば嘘って事になるが……こいつは胸糞わりい善人だが、感情的な野郎だ。あいつらと親しくて嘘をついたんなら、もうちょいぼろが出るはず。だというのにこの無感情っぷりはどう

いうわけだ……ワダツミからの強制的かつ、コイツにとっては本意ではない命令でやらされている可能性が高いな)

男は冒険者の才こそなく燻《くすぶ》っているが頭は悪くなかった。

ケインの態度や推測から、限りなく近いところまでたどり着いていた。

ちらりと先ほどのルーキーたちを見る。

綺晶蜥蜴は惜しいが、万が一ワダツミの怒りを買ってしまえばとても割に合うものではない。

(しかしあの女)

男の視線が、粘ついた色を帯びて黒髪の女を舐め回すように見る。

あれほどの上玉はそうはいない。

冒険者などやらせておくのが惜しいほどのいい女だ。

(仮にワダツミの怒りを買ったとしても、あの女だけでも手に入れられれば……)

「これは善意からの忠告だが」

黙していたケインからの言葉に意識を戻す。

ケインは男の視線から何を考えていたのかを察していた。

「あの女性に手を出すのだけはやめておけ」

「はぁ?」

言葉の意味が分からずに男が怪訝な表情をする。

「おい、どういう意味だ」

「これ以上は何も言えない。俺は警告したからな」

それっきり話すことは何もないと口を閉ざしてしまう。

男はしばらく考え込むように下を向いていたが、やがて強い舌打ちとともに踵を返した。

不満そうにしていた仲間と思しき者も仕方なくそれに続く。

ケインはしばらくそれを見送ったあとに、一瞬だけジグたちの方を見てからその場を去っていった。

†

「灼光蜥蜴の討伐依頼お疲れ様でした。新しい狩場でも順調のようですね」

「これぐらいなら問題ないです」

「流石ですね。でも油断は禁物ですよ？」

シアーシャが、持ち帰った討伐証明部位を受付に渡している。

綺晶蜥蜴の素材は売らないことにしたようだ。

金は別の方法でも手に入るが、珍しい素材はいつまた入手できるか分からないので、急ぎで金が必要ではない場合手元に置いておくことも多い。

手続きを済ませるシアーシャを待つジグが、さりげなく周囲を見る。
「……」
こちらを窺っている視線は感じない。
肩透かしを食らったような気分になって首をかしげる。
先ほど感じた気配によく覚えのある感覚。
こちらの成果に手を出してくるかと思っていたが。
(仕掛けてくるかと思っていたが……存外冷静だったな)
慎重な相手は面倒だ。
いっそ手を出してくれれば、遠慮なく処理できるのだが。
そんなことを考えながら周囲を警戒していると、ふと誰かの視線を感じた。
視線を感じた方向に顔を向けずに、目線だけ移動させる。
そして意外な人物に態度には出さないように内心で驚く。
その人物は隣の同僚にひと声かけると、ジグの方へ歩いてくる。
規則正しい歩幅と足音が相手の性格を表現しているようだ。
「今よろしいでしょうか?」
そう言って相手……いつかの無愛想な受付嬢が声を掛けてくる。
美人ではあるが非常に無愛想な顔で、相変わらず表情に変化は見られない。

彼女に話しかけられる用件が思いつかないジグは、怪訝な表情をする。

「俺に何か用か？」

すると受付嬢はおもむろに頭を下げた。

腰を九十度曲げた姿は見事なもので、謝罪の形をとっているというのに、まるで卑屈なところがない。

その姿勢のまま受付嬢が謝罪の言葉を口にする。

「先日は身内が、大変なご迷惑をおかけして申し訳ありませんでした。今後このようなことが起こらないよう、よく言い聞かせておきますので、どうかご容赦を」

唐突な謝罪に困惑するジグ。

「……何の話だ？　あんたに謝られる覚えがないんだが」

「申し遅れました。私、アオイ＝カスカベと申します。ワダツミで経理を担当しております、アキト＝カスカベは私の愚弟です」

「……あいつの姉だったのか」

それを聞いてようやく納得する。

しかしギルドの受付嬢とクランの経理が姉弟だとは、妙なところで妙な縁があるものだ。

それならば彼女の謝罪も理解できるというもの。

「アレのせいで誤解を受けてお怪我までさせてしまったと聞いています。本来であれば、それなりの処罰を受けてしかるべきところを、ジグ様の温情で不問にしていただいたとか。その件に関しまして、お礼と謝罪を」

「頭を上げてくれ。その話はもう手打ちになっている。温情などではなく取引としてもう終わった話だ。何度も蒸し返されるのはお互いに格好がつかない」

同じ話をいつまでも引っ張る傭兵は基本的にいない。

依頼次第でその時々敵味方が変わる戦場では、それが普通だったからだ。

ジグにとって終わった取引であり、それを何度も持ち出されるのはあまりいい気分ではない。

それを理解したわけではないだろうが、これ以上同じ話をするのはジグの機嫌を損ねると判断したアオイが、頭を上げてジグと視線を合わせる。

無表情と営業用スマイル。

種類こそ違うものの、姉弟どちらもそれより先を読み取らせないことに長けているようだ。

ジグも鈍い方ではないが、カスカベの演技には見事に騙された。

「聞いているかは知らないが、カスカベが誤解するのも仕方がない状況だった。あまり責めてやるな」

身内をフォローする言葉にアオイが首を振る。

「たとえ九分九厘そう判断出来るとしても、万が一を想定して迂闊な行動に出るべきではありません。それが大人というものです。アレが未熟なのです」

弟に辛辣なアオイにジグがたじろぐ。

普段無表情な彼女が、身内のことになると怒りを隠さないことを意外に思う。

静かに弟への怒りをくゆらせた瞳が、ジグに向けられた。

「ジグ様は先ほど取引として終わった話とおっしゃいましたが、それはあくまでワダツミとの交渉についてです。身内として、ご迷惑をおかけした相手にはそれなりの賠償が必要かと思いますが、いかがでしょうか？」

「あいつもガキじゃないんだ。自分のケツくらい自分で拭くだろう」

「しかし……」

「ギルドの受付をやっているなら、俺の依頼主を含めこれから頼ることも増えるだろう。その仕事に期待している……これではダメか？」

アオイは少し思案するようにしたが、渋々といったように頷いた。

「……分かりました。ではなにか困ったことがあったら、是非とも私にご相談を。……この場を凌《しの》ごうとして、でまかせを言ったわけではありませんよね？」

「もちろんだ」

きっちり図星を突かれたジグが冷や汗を流す。

それを知ってか知らずか、改めて頭を下げたアオイが受付に戻っていくのを見送った。

（なぜ、謝罪されている俺が焦っているんだろう）

手続きを終わらせたシアーシャを迎えに行きながら、首をかしげるジグ。

「ジグさん、何かありましたか？」

「いや、何でもない。それよりどうだった？」

ジグに聞かれると満足そうにシアーシャが胸を張る。

「報酬金額はそこまででもありませんでしたけど、評価値はたくさん稼げましたよ。この分ならそう遠くないうちに、等級も上げられると思います。あ、それと後で魔具店に行きましょう。これを見てもらってなにか作れないか聞きたいです」

宝石の眼球を手にシアーシャが子供のように目を輝かせる。

それに苦笑しながらギルドを出た。

「あ、そういえば賞金首が出たらしいですよ」

「賞金首？　例の襲撃犯とやらか？」

「そちらは現在調査中とのことです。なにぶん情報が少ないので。私が聞いたのは魔獣の賞金首のほうです」

魔獣にも賞金がつくことがある。

ギルドが判断した優先的に排除して欲しい対象などにつけられるもので、討伐すると報酬と評価が多くもらえる。

対象は様々で、単体であったり複数であったりするが、単純な強さというよりは危険度や被害度で判断されるのが特徴だ。

その場にそぐわない危険度の魔獣などが出ると、低い等級の冒険者の犠牲が多く出てしまう。

しかし収入のために仕事をしないわけにもいかないので、行くなとも言えない。

そのため、その手の魔獣を早急に討伐してもらうために賞金がかけられる。

リスクもリターンも大きいゆえに、腕に自信のある冒険者がこぞって狩る競争のようなものになる。

基本的に早い者勝ちだが、賞金がかけられるほどの魔獣は危険度も高いので、複数のパーティーが組んで動くことなどもある。

クランは不確定要素の多い賞金首にやや消極的で、それを倒したときに得られる報酬と、掛かる費用や危険度を見積もって十分な利益が出ると判断した場合にのみ動く。

そのため、自分の所属するクランが動かない場合は、他のパーティーとの混成部隊で挑むこともしばしばある。

「今回目撃情報が上がってきたのは、蒼双兜《あおふたかぶと》の番《つが》いだそうです」

「聞き覚えがあるな。確か俺の武器に使われている魔獣の素材がそいつだったはずだ」

自分の武器の材料になった魔獣に、ジグが興味を持つ。

今の武器には満足しているため、その素材となった魔獣は一目見てみたいと思っていたのだ。

「ただの成虫ではなく、長年生き残ってきた歴戦の個体だそうですよ。その脅威度は通常の個体を大きく上回るとか」

「……虫って経験積んで強くなるのか？」

甲虫の類は成虫になれば、大きさなども変化せずにそれっきりのはずだが。

「魔獣は倒した他の魔獣から魔力を得るので、基本的に長く生きているものほど強くなっていきますよ。蟲型の魔獣でもそれは同じ。蒼双兜自体結構強めの魔獣なんで、七等級の冒険者じゃ太刀打ちできないはずです」

それほどの魔獣が出現すれば、賞金もかけられるというもの。

「そうなると、明日辺りは冒険者の数も増えそうですね……」

リスクが高くとも、賞金首を狩ってやろうと動く冒険者は多い。

明日は様子見も兼ねて、多くの冒険者が訪れる可能性があった。

「どうする？　日を改めてもいいが」

「うーん……結局賞金首が倒されるまでは、この状態が続きそうなんですよね。それまでずっと待っているわけにも行きませんし、多少人が多いのは我慢しようかと思います」

「分かった。気休めだが、少し早めに出るとしようか」

「……毎朝、ありがとうございます」

自分の寝起きが悪いのは自覚しているが、百年以上この生活をしてきたのでそうそう治せるものではない。

余計な手間をかけているので、バツの悪そうな顔でお礼を言うシアーシャ。

その肩を軽く叩いて歩き出すジグ。

「……ふふ」

何も言わず先を行く彼の後を弾む足取りでついて行く。

迷惑をかけてもいい相手がいることは嬉しいものだ。

それを初めて知ることができた。

†

「駄目ですからね」

「……何がでしょうか」

次の日、早朝。

周囲はいつもより早い時間だというのにそれなりに人がいた。

賞金首を狙っている連中だろうというのは物腰で分かる。

ジグたちが早くからギルドを訪れて依頼を選び、手続きをしようと受付に行って真っ先に掛けられた言葉がこれである。

「無論、賞金首のことです。偶然を装って倒してしまおうなんて考えているでしょう?」

「何のことでしょう……？」

小首をかしげるシアーシャの表情は、嘘をついているようには見えない。

しかし僅かに動揺したのがジグには感じ取れた。

「しらばっくれても無駄です。……先日は随分と熱心に賞金首について聞いて回っていたそうじゃないですか。資料室で蒼双兜の載っている魔獣大全を借りているのも確認済みなんですからね」

「くっ……」

受付嬢が追い詰めるようにシアーシャを見やる。

理路整然と証拠を並べられて、誤魔化しは利かないと悟り悔しげにうめいた。

どうやら彼女は、賞金首をこっそり倒してしまおうと考えていたようだ。

そしてそれを事前に察知した受付嬢が、阻止しようと動いていた。

「そんな危険な真似は断じて許しません！」

「そ、それじゃあ偶然出会ってしまった場合はどうすれば……」

苦し紛れに口実を得ようとするシアーシャに、受付嬢がにっこりと笑う。

「逃げてください。全力で」

「しかしそれでは……」

「もしギルド関係者の再三の警告を破って交戦したと見なされた場合、謹慎と降格処分の可能性すらあります。そして今警告は済ませました。記録までバッチリつけちゃいました」

「そ、そんな……」

言い訳や逃げ道を完全に塞がれている。

これで強引に倒したところで評価されるどころか、罰せられることすらありうる。

上を目指す彼女にとっては、無視できない痛手だ。

項垂《うなだ》れるシアーシャに、受付嬢がため息をついた。

「あのですね、まだあなたは八等級なんです。それが七等級の狩場に出る賞金首に手を出すのが許されるわけないじゃないですか。今回発見された蒼双兜の討伐に要求される戦力は、最低でも六等級は必要なんです。……確かにシアーシャさんはとても才能があると思います。あるいは現時点でも、賞金首の討伐を成しえるかもしれない」

受付嬢の言葉に、真剣な声音を感じたシアーシャが顔を上げる。

「でも、もしそれを見た他の人が、自分もできるかもしれないと思ってしまったら……あなたはその責任を取れますか？」

「それは……」

「無理ですよね。なぜならそれは、あなたではなくギルドの負うべき責任だからです。一人の無茶を許せば、自分もいいじゃないかと思う人は大勢います。そして多くが死んでいく。そうならないためにギルドが、規則があります。ご理解、いただけますね？」

「……はい」

受付嬢の完璧な正論になすすべのないシアーシャが、とぼとぼとその場を後にする。

その背を見送った後、何も言わないジグに受付嬢が視線を向けた。

「……」

ジグと受付嬢の視線が数瞬交わる。

ジグは肩を竦めてシアーシャの後に続き、それを見た受付嬢がため息をついて自分の仕事に戻った。

転移石板で森林についた後、先日と同じように奥地へ向かう。

やはりほかの冒険者が多く、狩場が被らないようにするためにはある程度進む必要があった。

「……残念です」

その道中で心底無念そうにシアーシャが呟いた。

話しかけるというよりは、思わずこぼれてしまったその言葉にジグが苦笑する。

「まあ、今回は諦めた方がいいぞ。彼女の言い分は正しい。何か起きた時に責任を問われるのはギルドだ。この手の仕事が自己責任重視だったとしても、無法地帯にするわけにはいかない。結果的に損するのはギルドだからな」

多数に対しての〝今回だけの特例〟は必ずと言っていいほど破られる。

いずれそれが当たり前になって、それ以上を求めてくるようになる。

それが分かっているから、ギルドも強めに釘を刺したのだろう。

しかし特例はなくとも例外はある。

部外者、つまりジグが倒してしまう分には何も問題ないのだ。

正確には罰する規則がない。

だからこそあの受付嬢は、余計なことをするなとジグを牽制するように視線を向けていたのだ。

ジグはそれに対して、可とも不可とも返さなかったが、倒すつもりはない。

賞金首の強さが未知数なのもあるが、無用にギルド関係者の不興を買うのを避けたかった。

(なんだかんだ、シアーシャのことを気にかけてくれている相手を無下《むげ》にするのもな。……それに、手続き全般を任せている人間を怒らせると、ろくなことにならん)

過去所属していた傭兵団の経理がへそを曲げてしまい、その機嫌を取るのに大変な苦労をしたのを思い出す。

剣の通じない相手には、基本無力な傭兵にとって最も怒らせてはいけない相手だ。

そういう事情もあって、ジグはあえてシアーシャにその抜け道を教えないことにした。

「分かってはいるんですけどね……」

「そんなに倒したかったのか。何か欲しい素材でもあったか？」

ジグの疑問にかぶりを振ると周囲を見た。

それなりに歩いているが、まだちらほらと同業者の姿が見える。

周囲を探り簡易拠点となりそうな場所を確認しつつも、障害になる魔獣を蹴散らしていくのがそこかしこで見られる。

「この状態を早く解消したかったんです。ただでさえ人の多い狩場なのに……」

「気持ちは分かるがな」

獲物の取り合いになるほど、冒険者が多いと仕事もしにくい。

等級が上がれば、要求される評価値や実績も多くなるので、刃蜂《じんばち》の時のように、すぐに昇級してしまうというわけにもいかない。

今の狩場が最も効率がいいというのもあるが。

「仕方ありません。こうなったら一刻も早く賞金首が倒されることを祈りましょう」

いつまでも嘆いていても仕方がないと切り替えたシアーシャが顔を上げる。

やる気になったようで全身から魔力が迸《ほとばし》っている。

長い黒髪が僅かに浮かび上がるほどの魔力を練り上げていく。

「今日は遠慮なしで行きますので、ジグさんは休んでいてください」

「了解した。後ろは気にせず好きにやれ」

その返答に満足げに笑うとシアーシャが前を向く。

おもむろに手をかざすと術を組む。

生み出された岩槍が射出され、木の陰に隠れていた魔獣を障害物ごと貫いた。

彼女の魔力で凝縮された岩槍は、威力強度共に尋常ではない。

胴体に風穴を空けられた魔獣が、何が起こったのかも分からず絶命する。

その一匹を合図に蹂躙《じゅうりん》が始まった。

樹上から襲い掛かる魔獣。

指をくいっと上に向けると、地の杭が突きだし魔獣を宙に縫い留める。

羽の生えた蜥蜴が飛来する。

機動力を生かし、杭を躱しながら接近する魔獣に対し、両の手の平を打ち鳴らす。

それと同時に地面がせりあがる。

二枚の板を合わせるように、土壁が魔獣に迫る。

点ではなく面の攻撃に、回避が間に合わず圧し潰された。

群れで狩りを行う魔獣が数で来るのをそれ以上の圧倒的な弾幕で蹴散らす。

後ろを気にする必要はない。

ジグがそう言ったのだ、疑う余地はない。

周囲を気にせず殲滅に本気になった彼女を止められる魔獣など、この辺りには一匹たりともいなかった。

瞬く間に積み上げられていく魔獣の死体。

見るも無残に蹴散らされたそれは、原形をとどめている物の方が少ない。

「なんだあれは……化け物かよ」

「冗談じゃねえ。おい、場所を変えるぞ。巻き添えはごめんだ」

破壊と威圧を振りまくシアーシャの魔術に巻き込まれてはかなわないと、冒険者たちが距離を置く。

彼女が腕を振るうたびに空気が震え、足を踏み鳴らすたびに大地が裂ける。

思うままに死を撒き散らす魔女の姿は、伝承の通りだった。

騒ぎを聞きつけて逃げる魔獣と、寄ってくる魔獣。

後者が周辺からいなくなるまで長くは掛からなかった。

彼女の通った場所は、大地が捲《まく》れ上がり、木々がなぎ倒されていた。

魔獣の血をも糧とする木々の成長は著《いちじる》しく、これほど荒らしても、しばらくすれば元通りになってしまうというのだから驚きだ。

その爆心地でシアーシャが立ち尽くしていた。

先ほどまでの威圧はどこへやらといった雰囲気で宙を眺める。

こうしているとただの娘にしか見えない。

ジグは彼女の下へ行くと声を掛けた。

「満足したか？」

声に反応して視線をジグに向ける。

ジグはその瞳に多少の不安を感じ取ったが、特に態度を変えることはなかった。

彼女はそれを見て不安の色を消すとはにかむように微笑んだ。

†

(調子に乗ってやりすぎた……)

シアーシャはジグに怖れられる可能性に気づいて、心底から恐怖していた。

過去に魔女の力を目の当たりにした人間は、例外なく恐怖に顔を歪め、離れていった。

人はその力が自分に向けられた時のことを考えずにはいられず、強大な力に本能的な恐怖を抱く。

もしそれを感じない者がいるとしたら、きっとどこかが壊れているのだろう。

「どうかしたか?」

「……いいえ。久々に大暴れしてスッキリしました。ありがとうございます」

「そうか」

短い一言に拒絶の意思は感じない。

そのことに目を細めると手の平をジグの頬に添える。

「……？」

ジグはシアーシャの行動に怪訝そうにしているが、それだけだ。

先ほど殺戮の限りを尽くしたその手を、なんの疑問も抱かずに受け入れてくれている。

その安息に浸《ひた》るシアーシャは、しばらくそのまま動かずに彼を見つめ続けた。

それを不思議そうにしながらも、ジグは彼女のしたいようにさせた。

†

「調子に乗ってやりすぎました……」

シアーシャは、本日二度目の後悔を今度は口に出してため息をついた。

彼女は魔獣をちぎっては投げちぎっては投げしていたが、報酬をもらうには討伐証明部位が必要だ。

今はそのための剥ぎ取りをしているところなのだが……いかんせん死体の状態がひどい。

バラバラになっている程度ならマシな方で、圧殺された死体などは、すでに元が何の魔獣であったのかの判別すらつかない肉塊と化していた。

素材自体に価値があるならともかく、討伐証明部位ならば素材の損壊はギルドもおおらかだが、元が何かも分からないミンチでは流石に対処ができない。

そのような死体がそこら中に転がっていて、血だまりと土が混じりドス黒い汚泥が生まれていた。

臭いは既に何も感じないほど鼻が馬鹿になっている。

シアーシャの魔術は性質上どうしても質量攻撃が多い。

普段、彼女が地の杭を多用するのはそういう事情もあったが、今回はその辺お構いなしの八つ当たりだったのでご覧の有様というわけだ。

周囲の警戒など必要ないほど倒し尽くし、木々もなぎ倒され見通しが良くなったために二人で手分けして討伐証明部位を剥ぎ取っていた。

「うむ。中々の惨状だな」

数多くひどい戦場を見てきたジグをしても、そう言わしめる光景のようだ。

この二人だから顔をしかめる程度で済んでいるが、普通の冒険者なら即座に嘔吐《おうと》しているだろう。

「……ちょっと、魔術のレパートリー増やしておきます……」

神妙な顔でシアーシャが呟いた。

今まで攻撃対象の損壊状況を考慮した魔術など考えたこともなかったため、そういった魔術の選択肢が少ない。

そのうち何とかしなければならないと考えていたがいよいよその時が来たようだ。

シアーシャは以前から、構想自体はなんとなく程度に思い描いていた術を、本格的に詰めることにした。

「ジグさん。明日明後日はお休みにしましょう」

「了解した。ここ数日仕事漬けだったからな。ゆっくり休め」

ジグとは別行動をとっていたが、シアーシャもずっと冒険業をしっぱなしだった。

ここもしばらく騒がしくなりそうだし、休みを取るのは賛成だ。

「ありがとうございます。いい機会なのでもうちょっと術を考えておきます。その間に賞金首が倒されていれば儲けものですし」

「そうだな……毎度これでは流石に効率が悪い」

ジグの軽口に苦笑いで返すと、剥ぎ取りを続けた。

結局倒した魔獣の半分も回収できなかったが、それでも荷台から溢れんばかりの素材が積み上がる。

それ以上狩っても持ち帰れないため、本日の冒険業はこれで終了となった。

「随分お早いお帰りですね……成果は十分みたいなのでいいんですが、どうやってこれほどの魔獣を見つけたんです？　群れでもいましたか？」

「ええ、まあ、そんなところです。こう、不意を突いてどーん。と……」

まさか大暴れして向こうから来てもらったなどとは、口が裂けても言えないため適当に濁す。

朝の様子とは違うシアーシャに、首をかしげながらも信じてくれる受付嬢。

「安全に仕留められたなら素晴らしい事です。……朝は口うるさく言って御免なさい。ただ無茶してほしくなかったんです」

「ハハハハ心配してくれてありがとうございます。私も先走りすぎました」

「分かってくれて本当に嬉しいです！　シアーシャさんなら必ず上に行けますから、頑張ってください！」

「ハイ」

嬉しそうに笑う受付嬢。

後ろめたい気持ちで一杯のシアーシャは、その顔を真っ直ぐ見ることができない。

斜め下へ視線を逸らしながら、ひきつった顔で愛想笑いする彼女を見てジグが笑いをこらえている。

手続きを終わらせてシアーシャが戻ってくる。

「……ああいうのは苦手です」

「まあ、頑張れ」

これも経験と渋い顔をしているシアーシャに笑う。

「この後遅くまで買い物に出かけるので、先に帰っていいてください」

「分かった。夕食はどうする？」

「……残念ですが、別々にしましょう」

少し肩を落として資料室へ行く彼女を見送った。

明日魔術を考案するのに参考文献を借りるようだ。

人間の研究した効率的な魔術と、魔女の魔力量及び魔力操作が合わさるとどうなるのだろうか。

（とんでもないものが出来上がるかもしれないな）

そんな予感を感じつつ、ギルドを見渡す。

時刻はまだ昼過ぎぐらい。

この時間は皆仕事中のようで、冒険者の姿はまばらだ。

逆に戦闘向きとは思えない人間が、ちょくちょく出入りしては受付に向かっている。

荷物を運びこんではサインをもらっているところを見るに、一般の業者のようだ。

受付嬢たちはその対応で忙しく動いている。

「冒険者の相手をするだけが仕事ではないのだな」

昼間は暇をしているのかと思ったが、失礼な勘違いだったようだと考えを改める。

椅子に腰かけ昼食はどうしようかと考えながら、何とはなしにその仕事ぶりを眺めていると誰かが近づいて来た。

「ジグじゃねえか」

「どうも」

声に目を向ければ、そこには禿頭のガタイのいい中年冒険者がいた。横にはミリーナもいる。

「ベイツか。今日は仕事はどうした？」

「たまにゃあ休まねえとな。それに、全く仕事と無関係ってわけじゃねえ」

「そうそう。今話題のあいたぁ!?」

迂闊にも口を滑らしそうになったミリーナの頭にベイツの拳骨が落ちる。鈍い音がして涙目になった彼女にベイツがため息をついた。

「……お前はもうちょい、こう……まあいいや。ジグ、昼飯付き合えよ。ここの飯も悪くないぜ？」

「……そういえばここの食事場は利用したことがなかったな。試してみるか」

ギルドの職員もよく利用する併設されている食事処へ二人と向かう。

結果的に言うと、ギルドの食事処はジグの好みとは嚙み合わなかった。味は悪くはない、どころか値段を考えれば十分に良い方だ。ただ一つだけ、致命的に看過できない欠点があった。

(足りない……)

そう、量が足りないのだ。ギルド職員向けに作られたというその食事処は、圧倒的に女性利用者が多い。そのため種類は豊富で洒落た料理もあるのだが……如何《いかん》せん量がない。

「ベイツ、お前よくこれで足りるな」

体が資本の冒険者の胃を満たせるとは到底思えずベイツの方を見ると、彼は哀愁漂わせる顔で腹部を見た。

「……最近、腹の肉が落ちなくてな……」

「おっさんみたいなこと言わないでよベイツさん」

悩みを口にするベイツへミリーナが容赦なく突っ込む。無常である。

ちなみにだが、足りないというのはあくまでもジグ基準での話だ。一般的な冒険者ならば少し物足りない軽食程度の認識になる。

しかしジグが腹を満たそうとすると、とても割に合わないほどの金額になってしまう。

(夕食は早めに、しっかり食べれるところにしよう)

そう決意しながら食後の茶を啜《すす》る。

そうして皆が寛《くつろ》いでいるところへ、

「――――こんにちは、お兄さん」

突然近くで聞こえた声。

それと同時、至近に生まれる人の気配。

「……っ!?」

不意を突かれたことと、ここまで接近を許してしまった事実にベイツが目を見開き、一瞬遅れてミリーナが息を呑む。

刃物で首筋を撫でられたかのような感覚を覚えるその声に、二人が総毛立つ。

対人を専門としているわけではない冒険者だが、決して二人の実力が劣っているわけではない。

にもかかわらずここまでの接近を許してしまった。声を掛けられるまで気づきもしなかった。もし彼がその気になればいつでも殺せただろう、それだけ見事な隠形だった。

「ライカ、驚かすような真似はよせ。斬られても文句は言えんぞ」

ジグが杯を傾けながらそう言うと、青年……ライカ＝リュウロンは肩を竦めた。

赤茶色の髪にどこか飢えたような鋭い目つき。胸元をはだけた派手な色遣いの着流しと腰に差した二本の小太刀。そして彼ら特有の笹穂状の長耳。

「よく言うよ。さして驚いてもいないくせしてさ」

突然後ろから声を掛けられたというのに、この傭兵は背を向けたまま変わらぬ調子のままだ。

他二人の冒険者は臨戦態勢になっているというのに、彼は面倒臭そうに警告を口にしただけ。

ライカは腰に差した二本の小太刀に片肘を掛けながら、不満そうに口を尖らせた。

「そうでもない。もう二歩、黙って近づいていたら斬ろうと思っていた」

「……ハ、」

事も無げに言い放つジグにライカは、ひきつったような笑みを浮かべた。

ジグに脅すような口調は一切ない。まるで世間話でもするような口ぶり。

だからこそ、彼がただ事実を口にしているのだと理解できてしまった。

先程の言葉は警告ですらなかったというわけだ。

「……どの辺りで気づいてた？」

乾いた喉を動かして問いながら、気づいた。

杯を持たぬ、だらりと下げられた右手。力を抜いた自然体でありつつも、いつでも武器を抜けるように垂らされた腕に、今更気づいた。

いつからそうしていたのか、見ていたはずの自分にすら分からない。

「お前が俺の死角を取ろうとした辺りだな」

そして事ここに至っても、この傭兵は未だに警戒を解いてはいない。淡々と口にしながらも、意識と視線を完全には切っていなかった。

いつ自分が斬りかかって来てもいい様に。

ライカの背筋がぶるりと震えた。

未だこちらを警戒している冒険者二人と同じ様に、この傭兵に恐れを抱いた。

「……見えないから、死角って言うんだけど？」

「ああも露骨に人の視界から外れるように動けば、嫌でも気づく」

それは彼にとって慣れ親しんだ意識外への警戒。

乱戦極まる戦争で生き残るには腕以上に立ち回りが重要となる。

如何な強者と言えども、複数に囲まれ槍で突かれればどうすることもできずに斃《たお》れるしかない。

囲まれぬこと、孤立しないこと。

目の前の敵だけでなく、戦場を見通す広い視野を持つことが要求される。

自分の背後を取るような動きや、自分の死角を取ろうとする動きを敏感に察知するのが傭兵だ。

「なるほどねぇ……参考にさせてもらうよ」

胸元の開いた派手な着流しに片腕を突っ込んで頷くライカ。その表情に動揺はすでになく、しかし、少しだけ上下に動いている耳だけが内心までは取り繕えていないことを示していた。

「……てめぇ、まさか〝刃鳴《はな》りのライカ〟か？」

腰を浮かせたベイツが警戒したまま問うた。ミリーナは席を半分立っていつでも動けるように備えており、右手は腰の長剣に伸びている。

しかし当の本人は、二人の警戒などお構いなしにどこ吹く風といった顔でベイツを見やる。

「おっ！　冒険者にも多少は僕の顔が知れているんだね。いや結構結構」

彼は冒険者が自分を知っていたことに満足気だ。

冒険者に比べると賞金稼ぎの知名度はあまり高くない。

これは賞金稼ぎという職業が嫌われていることもあるが、専業でやっている者が少ないせいもある。

賞金稼ぎは冒険者などと違いギルドへ登録をする必要はなく、手配された者の首を取ってきた相手に支払われるからだ。

偶然見つけた冒険者やマフィアが賞金首を殺して報酬を受け取ることもあり、対人に自信のある者はそれを副業としていることも珍しくはない。割のいい賞金首が常にいるわけでもなく、専業にしている者は余程の好き者か脛に傷がある者だけだ。

「……賞金稼ぎ風情が、何の用だ」

腰の剣に手を掛けたミリーナが低い声でライカを威嚇した。

冒険者の中には賞金稼ぎや副業代わりにしている冒険者を毛嫌いしている者もいる。賞金首は基本的にそれ相応の罪を犯しているので、殺しても法的に咎められることはないが、自衛以外で積極的に殺しをするのを嫌う人間はどこにでもいる……というより、それが普通だ。

しかしそれがライカの余裕を崩すことはない。ミリーナの威嚇を子犬に吠えられたかのように流して見せる。

「賞金稼ぎ風情だなんて、職業差別は良くないなぁ……ねえ、傭兵さん？」

「まあ、お前が〝賞金稼ぎ風情〟なら、俺は〝傭兵如き〟になるか」

ジグが苦笑して同意してやれば、ミリーナの表情が疑惑に染まった。

知己かのようなやり取りに、まさかといった様子で彼女が確認する。

「ジグ、知り合いなのか？」

「仕事で少しな」

「呆れた……こいつの危険性を理解してるのか？」

信じられないと言った顔でミリーナがライカを睨みつける。

その嫌悪に満ちた眼つきはただ賞金稼ぎというだけには少し過剰で、どこか見覚えがあるものだった。

（ああ、そうか。ライカのあの嗜好が有名なのか）

得心が行った。彼への深い嫌悪を示すそれはジィンスゥ・ヤの面々がライカを見る目と同じであった。

人を殺すことに快楽を覚える嗜好。殺人衝動。

彼が賞金稼ぎなどという血生臭い仕事を選ぶことになった理由は、冒険者の間でも有名らしい。

「無駄無駄！　このお兄さん僕以上に狂ってるから、そんな当たり前の価値観通じないよ！」

何が楽しいのか、嫌悪を顕わにするミリーナへ、けたけたと笑うライカ。

それに物申したい気持ちはあるが、これ以上話を脱線させても仕方がない。

「それで、何をしに来た？　賞金稼ぎがわざわざギルドに顔を出しに来た理由があるんだろう？」

ジグが先を促せば、彼は赤い眼を丸くして手を叩いた。

「そうだったそうだった。お兄さんの声が聞こえたから、思わず気配消して声掛けに来ちゃったけど、今日は仕事で来たんだよ」

ライカは叩いた手を胸もとに突っ込み、書類を取り出すと机に広げてみせた。

見ればそれは手配書だった。捜して欲しい人物と罪状、それに賞金額が事細かに書いてある。

「ちょっと人を捜していてね。この前冒険者のなんとかってクランメンバーを襲った犯人を追いかけているんだ。お兄さんたち、知らない？」

要は賞金首を捜しているというわけだ。

気になったので読んでみる。しかし何の因果か、そこに書かれた内容は実に覚えのある物であった。

・冒険者クラン、ワダツミのメンバーを襲い複数の死傷者を出した危険人物。名前不明、背丈は平均的で性別は恐らく男。若手冒険者とはいえ単独で複数を襲ったことから相応の腕前を持つと推測。特徴として、使い手の珍しい武器である両剣を使用している。報酬は六十万、生死を問わず。

備考　蒼い両剣を持つ大男は無関係かつ非常に危険なので要注意。手違いで被害を被っても当方は一切関知しない。

「……おい」

誰がこの情報を書いたのか、一目で分かる文章にジグが突っ込む。

「カスカベの奴か。余計なことを……」

ベイツは爪を噛んで渋い顔をしている。

以前ワダツミの若手冒険者を襲った犯人は未だに捕まっていないようだ。

いつまでもこれを放っておいてはクランの沽券《こけん》に関わる。そこでカスカベは賞金稼ぎにも依頼を出し、なりふり構わず犯人捜しをしていたといったところか。

反応を見るに、ベイツたちはこのことを知らなかったらしい。

「お。知っているどころか、まさか当事者とは……これはツイてるね」

ライカは嬉しそうに口の端を釣り上げ、獲物を見つけた獣の様な笑みを浮かべた。

だがその笑みを引っ込めると、顎に手を当ててジグの背にある双刃剣を見て首をかしげた。

「……この備考の大男って、もしかしなくてもお兄さん？　あの時は薙刀使ってたけど、そっちがメインなんだ。両剣とはまた、珍しい物使ってるねえ」

「まあな」

両剣と双刃剣は基本的に同じものを指す。呼び名が違うのは大陸が違うせいだろう。ジグのいた大陸では双刃剣と呼んでいたが、こちらは両剣と呼ぶのが一般的のようだ。

以前ジィンスゥ・ヤで仕事をしたときは、彼らの武器である薙刀を借りていたので、今までライカは気づかなかったようだ。

次いで彼は書類の備考を読み、ジグの背丈と武器を見比べ凡《おおよ》その事情を把握したようだ。

「しかしこの書き方……もしかして勘違いで襲われてたり?」

「…………」

ライカの指摘に先日のことを色々思い出し、苦い表情を浮かべるミリーナ。

彼女の反応で予想が当たっていることを理解した彼は皮肉気な笑みを浮かべ、嘲《あざけ》るように鼻を鳴らす。

「フッ……よくそんなんで賞金稼ぎ風情なんて言えたものだね。人を勘違いで襲っておきながらおめおめと……どうせお兄さんに見逃してもらったんでしょ? そっちのおじさんはともかく、君程度じゃどうやっても勝つどころか逃げるのも無理だろうしね」

「貴様っ!」

露骨に侮られたミリーナが気色ばんだ。腰の長剣を掴む手に力が籠るが、理性でそれを押しとどめる。

彼の言う言葉は事実だ。二人がかりでいい様にあしらわれ、仲間の援護がなければ相棒が殺されていた。

そしてまた目の前にいるこの賞金稼ぎも、自分の力が及ばぬ並々ならぬ実力者だということをミリーナは知っていた。

「よせライカ、終わった話だ」

「……ま、いいけど。本人が気にしていないことを僕が掘り返すのも違うし」

険悪になった空気だが、ジグが諫めれば彼は大人しく引いてくれた。

ベイツは仕切りなおすように、トントンと賞金首の情報が掛かれた書類を叩いた。

「……そんで、何でまたお前さんがこの賞金首を追っている？」

「ただの仕事だよ。いつも通り、割の良さそうな仕事を選んで殺して、お金をもらうだけ。うーん……強いて言うなら、珍しい武器ってのに少し惹かれたくらい？」

そう語る彼に誤魔化したり隠したりといった様子はない。

ベイツも口にしただけで、ライカが何か深い理由で追いかけているとは思っていなかったようだ。

「……そうかい、じゃ後でうちのクランハウスに顔出してくれや。俺の名前を出せば、うちの事務担当が詳しい情報を渡してくれるだろうよ」

「それは有り難いね。ご協力どうも。お兄さんも、またね」

広げた書類を仕舞ったライカが、言葉少なく別れを告げてすっと離れていく。

ぬるりとした滑るような独特の足さばき。ギルドの人ごみをものともせず、あっという間にその中に紛れ込むその動きにベイツが舌を巻き、ジグが興味深そうに観察していた。

突然現れた彼は、現れた時と同じように音もなく去って行った。

彼の姿が見えなくなり、しばらくしたところでようやく二人が肩の力を抜いた。

額に浮いた冷や汗をミリーナが拭う。

「……あれが、若くしてイサナ＝ゲイホーンのいる領域に踏み込んだ者」

「あーおっかねぇ。これだからジィンスゥ・ヤは余所に嫌われるんだよ……もうちょい表面上の雰囲気ってもんを重視しちゃくれんもんかね。肩凝っちまう」

肩を回しながら愚痴るベイツにも一理ある。

ああも異質な空気を振りまいていれば、煙たがられるのは当然というものだ。媚びを売れとまでは言わないが、場の空気を壊さないという配慮に欠けている。

ジグはこういう光景を何度も見たことがあった。

移民が嫌われるのは、何も自分たちと異なるからというだけではない。

移った先でもお構いなしに自分たちのやり方を通そうとして、先住民と衝突を起こすことはよくあることだ。

後から来た者が先にいる者への配慮を無視して好き勝手していれば、反感が募るのは当然である。

　こういった日々の何気ない会話一つとっても軋轢《あつれき》は生じる。それを些事《さじ》と軽んじていると積もり積もって、いつか致命的な惨事を起こすのだ。

　ジィンスゥ・ヤは自分たちが受け入れられないと思っているようだが、その責任の一端は間違いなく彼ら自身にもあった。イサナなど上手くやっている者もいるようだが。

「カスカベさん、勝手に賞金稼ぎに頼むなんて……ベイツさん、よかったんですか？」

「仕方ねえさ。……気持ちは分かるがな。俺たちだけで捜すには時間が掛かりすぎる。裏に潜った奴を捜すには、専門家を頼った方が早え。面子《メンツ》に拘《こだわ》り過ぎていつまでも良い様にさせておく方が、かえって面子が潰れちまう」

「そう、ですね。分かりました……」

　ベイツに諭されたミリーナが不満そうに括った赤毛を揺らす。仲間の敵討ちを余所の人間に頼ることになるのが不満なのだろう。

　ベイツはにかっと笑い、その頭に手を乗せると乱暴に撫でまわした。

「そうしょげるな。あの刃鳴りが動いてくれんだ。糞野郎の命運は尽きたも同然よ！　おめえもさっきの見ただろ？　あの若さであの貫禄、そうそう出せるもんじゃねえ」

「……うん、すごかった。全然勝てそうにない。あたしと歳も同じくらいなのに……」

　されるがままに撫でられ、燃えるような赤毛をぼさぼさにしながら消え入りそうな声のミリーナ。

（……あーしまった、こいつ意外とナイーブなんだった）

しょげる若手ホープに自らの失敗を内心で嘆くベイツ。彼自身は努力の人間だったので、才ある者の精神力の弱さにはやや鈍感なところがあった。

明るく優秀、それゆえに打たれ弱い精神面を持つミリーナが、本物の天才との差に沈む。

落ち込む彼女を余所に、ジグは気になっていた言葉をベイツに尋ねた。

「先ほども言ってたが〝刃鳴り〟とはライカの通り名か何かか？」

「おう、白雷姫とかと似たようなもんよ。奴の剣はとにかく速くて鋭いことで有名でな。イサナ曰く、ジィンスゥ・ヤでも奴ほど綺麗な刃鳴りをさせる奴はいないらしい」

刃鳴りとはつまり剣を振った際に生じる風切り音のこと。

刃筋を立てて、より速く鋭く振れば良い刃鳴りとなる。武器にもよるが、腕のいい剣士ならば刃鳴りは起きるものだ。

それがわざわざ通り名になるほどなのだから、ライカの剣は余程なのだろう。

以前共闘したときはそこまで見ている余裕もなかったので、あまり記憶にないが。

「そうだよ、凄いんだ……あたしよりもずうっと」

項垂れたミリーナがどこか虚ろな目で自虐的に呟いた。思ったよりも重症のようだ。

「いやいやお前も大したもんだよ、なあジグ！　ミリーナの剣、悪くなかっただろ？」

ベイツはどう慰めたものかと視線を彷徨わせた後、我関せずと茶を飲むジグに向けた。

しかしそれを受けたジグの言葉は実に端的なものだった。

「同じことを二度言うつもりはない」

「あ？　そりゃあどういう……」

ベイツからすれば意味の分からない言葉。しかしミリーナにはその意味が伝わった。

以前、走り込みを始めた頃にジグに言われた言葉が胸中に去来する。顔を上げると、大男は何の感慨も浮かべずに茶を啜るだけ。

一見突き放すような物言いで、実際興味もないのだろう。だが今の彼女にはその無関心さが心地よかった。

「……ああ、そうだったよ」

頭を撫でるベイツの手を優しくどかし、ぼさぼさ頭のまま顔を上げた。

「……ベイツさん、もう大丈夫だ」

「ミリーナ？」

そこに先ほどまでの自信なさげな彼女はなく、目にはやる気が満ちていた。

突然様子の変わったミリーナを心配そうに見るベイツ。

「あたし、走ってくるよ」

「なんでだよ！　しかも今からか!?」

「ご飯までには戻ってくるから！　それからジグ、ありがとう！」

ジグは杯で見えぬように口の端を小さく釣り上げてミリーナを見た。

「前見て走れよ」

「ああ！」

良い返事を残し、ミリーナもギルドを出ていった。

残されたのは事情が分からず、ただ走り去っていった後輩を見送ることしかできなかったベイツと、今日の夕飯はどうしようかと考えるジグだけだった。

「……お前、あいつに何て言ったんだ？」

「聞いた通りだ。余所見せず前を見て走れ……それだけだ」

訝し気なベイツへぞんざいに返したジグが席を立つ。

（よし、今日は肉にしよう）

口には出さず、そう決めながら。

†

日も完全に落ちた夜遅く。

「ふんふーん♪」

買い物を終えたシアーシャが夜道を一人歩いていた。遅くまで粘った甲斐があり良い物が見つかったようで、上機嫌で鼻歌を歌い、毛先を揺らしている。

暗闇の中にあってもなお艶《つや》を失わない濡れ羽色の黒髪と、蒼い双眸《そうぼう》は非現実的なほど美しく、少女らしさと女性らしさが絶妙にまざった白い顔《かんばせ》は人間離れした雰囲気を作り出している。

男を狂わせる魔性を無自覚に振りまきながら夜の道を行くシアーシャは、些か無防備過ぎた。

普段であればいつも側にいる威圧的な風貌をした傭兵を見て我に返ったのだろうが、彼女の傍らにその姿はない。

それでも運よく夜道は人気がなく、だからこそ彼に見つかった。

†

その男は飢えていた。満たされず、渇いていた。

名をベネリ＝ラスケス。

ベネリは強かった。生まれながらの剣の才と幾度も潜った修羅場は男を研ぎ澄まし、地位も名誉もそれなり以上のものを手に入れることができた。

だが同時に、ベネリは弱かった。

自らの才に自己を溺れさせ、本来なら実力と共に育ち身に着いているはずの精神力を養えなかった。だから自分より上を妬み、自分が評価されない理由を周囲に求めた。

「俺が評価されないのは周りの奴らが無能なせいだ、俺が正当な評価を受ければ奴らなんか……！」

とかいう奴だ。

気に入らない。特に気に入らないのは、若くして自分と同じ四等級まで上がって来たアラン
歳下のくせに優秀で人望があり、有名な冒険者からも一目置かれている。何から何まで気に入らない。

ベネリもかつては優秀な若手として周囲から羨望され、期待されていた。

しかし次第にその傲慢《ごうまん》さと才に頼った怠慢《たいまん》、未熟な精神を見抜かれて見放されていった。他者を見下したような態度は他の冒険者から顰蹙《ひんしゅく》を買い、彼と組もうとする者はおらずいつも一人だった。プライドの高さゆえに頭を下げて頼むこともできない。

そうしてくすぶっているうちに気が付けば年齢は三十を超え、いつしかベネリは期待の〝若手〟ではなくなっていた。増える年齢と減っていく期待はベネリを焦らせていく。歳のせいか最近息切れが早くなってきたような気もする。

実際は増長して基礎を疎《おろそ》かにしたせいなのだが、彼はそれが加齢によるものだと考えてさらに焦燥を募らせた。

等級を上げれば稼ぎはいいが、相応に仕事の難易度も上がっていく。次第に一人では限界を感じ始め、資金も底が見えてきた。しかし下の等級の依頼を受けているところを見下していた者たちに見られるのはプライドが許さない。

そんな時、マフィアに持ち掛けられた依頼は都合がよかった。異民族を探るだけで大金を貰えるという話にベネリは飛びついた。

当然子供がいなくなっていくことにも気づいていたが、異民族の子供がいくらいなくなろうがベネリの知ったことではない。

弱いから悪いのだと、自分を誤魔化して彼らの情報を流し続けた。

ベネリはその仕事で得た金を使って一つの武器を購入した。何のことはない、彼は心の安寧のために自分が伸びない理由を武器に求めたのだ。店員の忠告を押し切って誰も使用していないであろう珍しい武器に手を出し、二本あった内のより扱いが難しいという、緑の薄刃が美しい武器を迷わず手に取った。

そこで失敗していればまだ救いはあったのかもしれない。

だがベネリには才があった。常人ではまともに扱うこともできないような特殊な武器でもすぐにコツを掴み、それなり以上に扱ってみせた。追い詰められたことで一時とはいえ、本気で鍛錬したのもあるのだろう。

「これだ、これがあれば……！」

ベネリはほくそ笑んだ。やはり自分は特別な人間だ。

これまで伸び悩んでいた冒険者等級も武器が悪かったせいだ。これさえあれば三等級どころか二等級すら夢ではないと、そう考えた。

――これで見返してやるんだ。実績は十分なはずなのに自分を認めようとしない冒険者ギルドや、加入を断られたいくつもの有名クラン連中。奴らを見返して、どちらが上なのかを教えてやる。

武器を替え、金を得たことで焦りがなくなったベネリ。楽に大金を得られる感覚はさらに彼を堕落させ、皮算用でいくつもの借金を作った。

しかしうまい話は続かないものだ。

突然、連絡役の男に仕事を打ち切られた。多額の借金があるベネリは必死で仕事をくれるよう頼んだが、にべもなく断られそれっきり音信不通。

仕事で貰ったそれまでの金などほとんど使いきっており、残されたのは期日の迫った借金だけ。

もう、後がなかった。

その日のベネリは焦りから逃げるために酒を飲み、酔っぱらいながら帰路に就いていた。

そのまま何事もなく宿に着いていたのならば、彼の未来は大きく変わっていたのかもしれない。

「……あぁ？」

宿に帰る途中のことだ。通り道に複数の冒険者がたむろしていた。皆若い冒険者だが、その割には物腰も装備も悪くない。その姿に、かつての自分を思い出してしまった。酒で誤魔化し、鈍った思考に苛立ちが混ざる。

「チッ……邪魔だよガキ共ぉ！」

若い冒険者はそれだけで癪《しゃく》に障る。それに加えて彼らに才能があるのがベネリには分かった。若く才能があり、仲間もいる。気に入らないことだらけだ。

ベネリは焦燥と苛立ちに何かしなければ心が耐えられなくなり、威嚇するように声を荒らげた。

突然酔っ払った男に怒鳴られた若者が、不快そうに眉を顰めて睨みつける。

「んだよ、オッサン」

「おい、やめろよ。俺たちが邪魔なのが悪いんだ。すいません」

短気な若者が喧嘩腰になるのを仲間が諫め、身を引いて道を開けた。

「はっ、胸糞わりぃ……」

物分かりが良いのも余計にベネリの神経を苛立たせ、無性に腹が立った。ベネリは道を開けた冒険者たちにわざと肩をぶつけるように通り過ぎる。

「っ、てめ……！」

「待て待て、落ち着け」

短気な仲間が食って掛かろうとするのを別の仲間が止める。そのうちの一人がベネリの格好から冒険者であることに気づき、次いでその装備の質の高さに目を留める。

「……あの武器を見ろ。良い作りをしている……おそらく高位の冒険者だぞ」

「……え？　マジかよ……」

驚いて言葉をなくした若造たちに、ベネリは少しだけ胸がすっとした。

ようやく自分の凄さに気が付いたかと、自尊心を取り戻しかけたところにそれが聞こえた。

「――でもよ、アランさんの方がすごくねぇ？」

「…………あ？」

耳へ届いた声に、ベネリの足が止まる。一瞬にして頭に血が上り、視界が赤く染まったような錯覚すら感じる。心臓がうるさいぐらいに音を立てていたが、それすら気にしている余裕がない。

「だってよ、見た感じあの人はもういい歳だろ？　あとはもう落ちていくだけっていうか……先がないじゃん？」

足を止めたベネリに気が付かず致命的な言葉を重ねていく若者。

それは、ベネリが目を逸らし続けていたこと。

「……確かにな。あんな態度ではまともに仲間もできないだろうし、クランも受け入れてくれないだろう」

それは、ベネリが見ないふりをし続けていたこと。

「……っ!!」

彼の心が限界を迎えていく。理性というタガが、容赦なく突きつけられる現実にどんどん壊れていく。高い実力と過剰に膨れ上がった自尊心。それに釣り合わない未熟な精神力では傷口を抉られることに耐えられなかった。

「――というかあの人、誰?」

その時、ぶちりと音を立てて何かが切れた。

ベネリが我に返った時には全てが手遅れだった。

将来有望な冒険者たちとはいえ、一人で四等級まで上り詰めたベネリに勝てるはずもない。

我を忘れて激昂した高位冒険者に蹴散らされた者たちの末路は悲惨だった。

何人かは間違いなく死んでいる。生きていても腕を切り落とされていたりとかなりの重傷だ。

「は」

やってしまった。

人を殺したことがないわけではない。野盗に襲われて返り討ちにしたことはある。

だけど、どうしたことだろう。この胸の高鳴りは。

野盗を殺した時は必死で死に物狂いだった。その時は何を感じたわけでもないというのに。

逃げる彼らを追いかけることもできたが、今はそんなことはどうでもいい。

「は、ははは」

手にした武器を、両剣を握り締める。体が熱い。不思議なほどの高揚感。

顔が自然と愉悦の笑みへと変わっていく。

――気に入らない相手を、自分より弱い相手を殺すのは、こうも楽しいものか。

「は……ははは、あーっはははははは!!」

その日、一人の殺人鬼が誕生した。

ベネリは強いが、弱かった。

それ故に衝動を抑えきれず、抗えなかった。抗わなかった。

†

「あぁ……最高の獲物だぁ」

ベネリは一目でその女、シアーシャを気に入った。

これでもベネリは高位冒険者だ。顔の良い女ならそれなりに抱いたことがある。

だが以前ギルドで遠目に見た時すぐに気づいた。この女は違うと。

何が違うのかを一言で言い表すのは難しい。気品や気高さ、そういったものとは違うように思うが、どう違うのかを言葉にしようとしたがどれもしっくりこない。

一つだけ確かなのは、異常なまでにそそるということだ。

タガを外したあの日からこの数日だけで、ベネリは幾人も殺してきた。特に多いのが女や若い男の冒険者だ。まだ未熟な彼らを、未来のある若者を惨殺することで自らのどす黒い欲望を満たしてきた。

弱者を蹂躙するのはとても気分が良い。命乞いをする相手から全てを奪うあの感覚は何度やっても忘れられるものではなかった。

「ハァ、ハァ……」

あの女を見ているだけで呼吸が荒くなってしまう。動悸が激しくなり、自覚できるほどに鳥肌が立っている。

彼女はどんな声で鳴いてくれるだろうか？　あの美しい黒髪を滅茶苦茶にするところを想像しただけで体が滾《たぎ》るのを抑えられない。

「……落ち着け、一気にやるのはもったいねえ。少しずつ慎重に、だ」

ともすればすぐにでも襲いたくなる心と両剣を持つ手を落ち着かせる。

翠の薄刃両剣はあれからも使い続けているが、あまりに特殊で足がつきやすいので普段の仕事は今まで通りの武器を使っている。それでも事が大きくなれば、いずれ鍛冶屋から話が伝わって自分に疑惑の目が向くのは時間の問題だろう。

ベネリは今日の殺しを終えたらこの街を離れるつもりだった。

「最後の獲物には、おあつらえ向きだな」

いつもなら厄介そうな大男が張り付いていたので止む無く諦めていた。そう思っていたところに今夜の僥倖《ぎょうこう》だ。

やはり自分はツイている。歪んだ笑みを隠さぬまま獲物との距離を縮めていく。

（まだだ、まだ……）

乾いた喉がごくりとつばを飲み込み、血走った目でその時を待つ。

（あと少し……いまっ！）

女との距離がベネリの間合いに入った瞬間、身体強化を用いて一気に駆ける。

黒髪の女は未だこちらに気づいてすらいない。

「ハッハァ！」

昂《たかぶ》る心を抑えきれずに呼気と共に声となる。

まずは足だ。逃げられぬよう足を斬り、恐怖を煽りながら刻んでいこう。

そこまで近づいたところでようやく女が振り返るが、遅い。かなり有望な若手冒険者だそうだが、やはり後衛の魔術師は近距離での反応が鈍い。

もらった。ベネリが勝ちを確信し、翠の薄刃が女の足を刈り取ろうとしたまさにその瞬間。

「――――え？」

ベネリは見た。蒼いその双眸が妖しく光るのを。

背筋が泡立つ感覚と共に、ベネリの体が止まる。止められた。

否、止められたのは剣だ。足を斬りつけた両剣は地面から生えた土柱によって阻まれていたのだ。

「なっ!?」

止められた。こんな簡易な土柱一つでベネリの剣が止められている。その事実を認めがたくて剣を押し込むが、刃が少し食い込むだけで斬れる様子はない。腰丈程度の土柱に一体どれだけの魔力が込められているというのだろうか。

「……もしかして、ですけど」

初めて女が発した言葉にベネリが視線を上げ、その顔を見る。

見て、しまった。

美しい……恐ろしいほど美しい女の顔。その両の眼がベネリに向けられた。

「私を、殺そうとしてます？」

眩い宝石の様な蒼。何の感情も読み取れぬガラス玉の様な目。

どうして勘違いしていたのだろう。この女を見て動悸が止まないのも、鳥肌が立っていたのも。

「――ひっ!?」

生物としての本能が警告を出していたからに他ならないというのに。

近距離で魔女の双眸を見てしまったベネリの顔が恐怖に歪む。

それでも反射的にとった行動は正解だったのは彼の才気によるものだろう。

恐怖に突き動かされるように大きく距離を取ったベネリ。直後に彼のいた場所へ地の杭が生えていた。

あと一瞬下がるのが遅ければ串刺しにされていただろう。

見ただけで分かる魔術の強度なのに、術を組む速度が異常に速い。もはや人間技とは思えないほどだ。

「おや、意外と勘が良い」

魔術を避けられたシアーシャは意外そうな顔をして小首をかしげた。

可愛らしい仕草であるはずのそれも、今となっては虫が時折首を動かすような不気味なものにしか見えない。総毛だったベネリが嗚咽のようにこぼす。

「……な、んなんだよぉ……こいつは!?」

簡易な魔術を二つ見ただけ。それだけでベネリは、目の前の女が今まで対峙したどの魔獣よりも危険であることを理解した。

「それにしても半端な殺気ですね……本当にやる気あるんですか？」

仕掛けてこない相手へ怪訝そうにしていたシアーシャだが、考えても意味のないことだと気にしないことにした。

「まあどちらにしても、剣を向けた以上は死んでもらい……あれ？」

練り上げた魔力をぶつけようとしたシアーシャがベネリの方を見た時、既に彼は背を向けて逃げていた。

全力疾走である。脱兎のごとく逃げに徹した冒険者の足は速く、あっという間に距離を離されてしまう。

「えぇ!?　ちょ、ちょっと待ってくださいよ！　そっちから仕掛けておいてそれはないんじゃないですか!?」

まさか向こうから襲ってきておいて、即座に逃走を選ぶとは思っていなかったようだ。意表を突かれたシアーシャが追撃を放とうとするが、夜闇に紛れて狙いをつけるのが難しい。

辺り一帯を瓦礫にすれば逃さず仕留められるが、人の世に紛れようとする身でそれはできない。

近距離主体の肉体派冒険者を足で追いかけるのも不可能に近く、結局シアーシャはベネリを見逃すしかなかった。

「えぇ……何だったんですか今の……」

一方的に襲われ、反撃する間もなく逃げられたシアーシャは、やり切れない気持ちのまま一人取り残されたのであった。

†

ジグはワダツミとライカが追っているという賞金首に興味はなかった。

珍しい武器を使用している人物という誤解は解けている以上、これ以上干渉するつもりもない。

万が一目の前にその犯人が名乗り出たのであれば捕縛も考えないではないが、自分から積極的に捜すつもりもなかった。

「そういえば私、さっき変な人に襲われましたよ」

その言葉を聞くまでは。

買い物を済ませてジグの部屋に顔を出しに来たシアーシャが、〝さっきそこで犬を見かけた〟程度の世間話感覚で襲われたことを口にした。

「……ジグさん？」

装備を外して部屋着になっていたジグがおもむろに立ち上がると、不思議そうにするシアーシャをひょいと持ち上げた。人一人を軽々と持ち上げ、くるくると検品するかのように回して傷を負っていないかを確かめる。

「多分ジグさんが勘違いされたとかいう、辻斬りじゃないですかね。双刃剣持ってましたよ」

シアーシャも慣れたもので、されるがままにくるくると回りながらその時のことを話す。

「でもなんと言うか、ものすごく半端な殺気だったんですよね。一撃受け止めたらすぐ逃げちゃいましたし。本当、何がしたかったのかな……あ、怪我はないですよ」

「そのようだ」

外傷がないのを確認したジグがシアーシャを降ろす。どこか嬉しそうにした彼女はジグの前腕をむにむにと弄り始めた。

「半端な殺気とは、どういう意味だ？」

ぐっと腕に力を入れてやると、硬くなった筋肉をつつきながらシアーシャが唸る。

「うーん……間違いなく殺そうとはしていたんですけど、目的が違うというか……覚悟が足りない？　初手足狙いでしたし。あっちにいた頃に向けられた殺気と比べると、お遊戯《ゆうぎ》みたいなものでしたよ」

「ふむ」

彼女が向こうの大陸で向けられた殺気とは〝魔女〟という人にとっての化け物に対するものだ。それと比べると人が人へ向ける殺気が温く感じるのは無理もないが……半端な殺気、覚悟が足りないというシアーシャの言。それに加えて足狙いという点を考慮すると……。

「快楽殺人か」

ジグが出した答えに、買ってきた荷物を漁りながら疑問を浮かべるシアーシャ。

「なんですそれ？」

「稀にいる、人を殺すことに快楽を覚える特殊嗜好だ」

彼女は怪訝そうに眉根を寄せる。それは不快や嫌悪からくるものではなく、ただ単純に理解ができないといった様子だ。

「人間なんて殺して何が愉しいんですかね……？　杭で磔《はりつけ》になっているのはちょっとおかしくはありますけど」

「……シアーシャがその嗜好を持っていなくて何よりだ」

人殺しが好きな魔女など手に負えないからなと内心で付け足しておく。

「快楽殺人にも色々いる。反撃されてすぐ逃げた辺り、そいつは自分より弱い奴をいたぶることに快楽を得るタイプだろう」

色々いるとは言ってもほとんどがこれに分類される。抵抗されることを喜ぶライカの方が珍しいだろう。

「ふーん……なんか情けないですね」

襲われたのはシアーシャだというのに、既に彼女はその犯人への興味をなくしているようだ。

気のない返事をしながら何かを取り出した彼女は、それをジグに差し出してきた。

見ればそれは色鮮やかな朱色の櫛《くし》だった。独特な意匠はライカやイサナの服装に近しいものを感じる。

ジグへそれを渡した意図は……まあ分かる。何も言わないのは言わずとも通じる間柄、というわけではなく単にどう頼んでいいのか分からないのだろう。差し出しながらも何と言おうか分からず、困ったように首をかしげているのがその証拠だ。

「……えと、あの……」

無論、護衛の依頼に髪を梳《す》くなどはない。断っても何の支障もないはずだ。

そう分かっていたはずだが、蒼い瞳を揺らしながらしどろもどろにしているシアーシャを見ていると自然、手が伸びていた。

「……あ」

自分で差し出しておきながら驚くシアーシャの白い手から、ジグの武骨な手が朱色の櫛を受け取った。

何も言わずに背を向けベッドへ腰かけたシアーシャ。その黒髪を、ろくに櫛を握ったこともないジグがたどたどしく梳いた。恐る恐る、壊れ物を扱うかのようにゆっくりと髪の波に沿って動かす。

魔具の灯りを受けた彼女の黒髪は、しっとりとした手触りで絹糸のようだ。

繰り返すたび、徐々に滑らかになっていく動作。シアーシャも初めは緊張するかのように肩

に力が入っていたが、今は心地よさそうにしている。

ジグの位置からでは見えないが、彼女はとても安らいでいた。既に先ほど襲われたことなど忘れているかのようだ。

彼女にとって殺人鬼などその程度の価値しかないのだろう。

だがジグにとってはそうはいかない。

失敗したとはいえ、護衛対象に手を出した相手が未だに生きているのだ。何かしらの対応を取る必要がある。

「……」

毛艶《けづや》の良い黒髪を梳きながら、いつまでやれば彼女は満足するのだろうかと少し飽きながらそう考えるのであった。

結局その晩は、うつらうつらと舟をこいだシアーシャを部屋に運ぶまで髪を梳き続けた。

†

静まり返った暗い夜道に紛れるようにして人影が走る。

「ハァハァ……くそ、なんなんだ！　なんなんだよあれは!?」

ベネリは先ほどの事を思い出して、悪態をつかずにはいられなかった。

上手く行くはずだった。無防備で極上の獲物をただ蹂躙するだけの簡単な狩りだったはずだ。

しかし現実は違う。ベネリは命からがら逃げだしこうして醜態を晒している。

十分に距離を取ったはずだ。追いかけてくる様子もない。だというのに、どこまで走っても逃げ切れたという気がしない。

「くそが、くそくそくそ!!」

足を止めようとするたびにあの蒼い瞳を思い出してしまう。その度に萎えそうになる足を必死に動かした。

それでも必ず限界は来る。ペース配分も考えずに走り続けた体は酸素を求め、ベネリの足を止めた。

「かはっ、げほげほ!　はぁはぁ……」

立ち止まってむせながら荒い呼吸を整え、恐る恐る後ろを振り向く。そこには誰もいない夜道があるだけで追ってきている人間は誰もいない。

心の底から安堵したように胸をなでおろすベネリ。途端にそれまで忘れていた疲労感が襲ってきて膝をついてしまう。

「ちくしょう……なんで俺がこんな目に」

身の危険が去ったことを理解すると、今度は怒りが込み上げてきた。

あの女に報復したいという気持ちがふつふつと湧き上がってくるが、ベネリにもう一度あの視線に向かい合う度胸はなかった。

「……ここいらが潮時か。明日、街を出よう」

方針を決めれば行動は早い。昼の内に荷物をまとめて夜闇に紛れてとんずらさせてもらう。

「とにかく今は、休みてぇ……」

走り続けた体と異常に疲れた精神は休養を欲している。ベネリはふらつきながらもねぐらへ歩を進めた。

†

翌日、ジグは犯人を捜すために情報を集めていた。

ちなみにシアーシャにどんな人相をしていたか聞いたところ、何も覚えていなかった。背丈の高い低い、男か女かまでは覚えていたのだが、それ以外の特徴は聞き出せなかった。

シアーシャ曰く〝全部同じに見えます〟とのこと。

どうやら彼女は自分が興味を持てない人間の顔をまるで認識していないようで、全て同じ顔に見えるらしい。魔女と言う生物の特性か、本人の関心のなさが理由かは不明だ。

シアーシャより背が高い男。武器は双刃剣。犯人の顔を直接見ていながらも、彼女から聞けた情報はこれだけであった。

「……襲われた本人がここまで情報を持っていないとは、犯人も思うまいな」

犯人は腕に自信があったのか顔を隠していなかったので、シアーシャは素顔を見ている。実際は何も覚えていないのだが、相手は見られたと思い込んでいるだろう。

余程間抜けでもない限り、犯人は今頃夜逃げ準備をしているはずだ。下手をすればもう街を出ている可能性もある。

それでもいるかもしれない以上、ジグは犯人を捜すつもりだ。

そのために現状、最も犯人の情報を持っているだろう者たちのところへ向かっていた。

繁華街の西方面、冒険者向けの消耗品を扱う店などが立ち並ぶ区域。その中にあるワダツミのクランハウスへ足を運ぶ。

扉を開けて中へ入る。大柄なジグは目立つため、中で談笑していた視線がいくつも向けられた。

彼らが闖入者《ちんにゅうしゃ》へ向けた視線は二種類。見覚えのない部外者に怪訝そうな顔をする者と、驚きに立ち上がる者たちだ。

「邪魔をするぞ。カスカベはいるか？」

注目を集めたところで端的に要件を口にする。大声を出しているわけではないが、低く響いたその声はよく通った。

「お、おいお前！　何の用だ!?」

慌てて席を立った中年の男が、武器に手をやりながらジグの前に立ち塞がった。事情を理解していない若手冒険者を守るかのような立ち位置だ。

「落ち着け、暴れるつもりはない。要件はもう言っただろう。カスカベに聞きたいことがある」

害意がないことを示すように、ゆっくりと武器を壁に立てかけるジグ。しかし相手の警戒が緩まることはなかった。

ジグに見覚えはないが、彼はジグのことをよく覚えていた。この大男が武器を持たぬ身で、殺さぬよう加減しながら多対一の状況を覆したことを。側頭部に叩き込まれた剣の腹の痛みとともに記憶に刻み込まれていた。

後で意識を取り戻した際に、ベイツたちから勘違いだったと伝えられてはいる。しかし分かってはいても、この大男の戦闘能力が変わったわけではない。武器を手放した程度で気を抜けというほうが無理な話だ。

「……カスカベだな？　待ってろ。……おい！」

「あ、はい……」

男が背にした若手に声を掛ければ、事情が分からないながらもそれに従って奥へ走っていく。

その間も男はジグから一瞬たりとも目を逸らさず、いつでも動けるように気を張り続けていた。

「随分と警戒されたものだな……」

ジグは肩を竦めて、なるべく相手を刺激しないようにゆっくりと見えるように腕を組んで壁に寄り掛かった。

そうしている間にジグを知る他の冒険者が若手を二階へ避難させている。

若手を大事にしているというのは本当のようで、彼らの動きは迷いも淀みもなかった。

ただ避難を終えた後、壁に寄り掛かるジグを牽制するように半円に囲むのは止めて欲しかった。中年男に囲まれてむさ苦しいことこの上ない。

「……ふっ、ははは。むさ苦しいか……随分と贅沢になったものだ」

自分の思考に思わず苦笑いせずにはいられない。向こうにいた頃は常に男だらけが当たり前だったというのに。

あの恐ろしくも麗しい魔女と共にいる期間はまだそれほど長くはないが、それだけ濃い時間だということだろう。

突然笑い出したジグに男たちの緊張が高まる。だが不思議とその苦笑を止める気にはなれなかった。

そうしている間にドタバタと何かを倒す音と共に奥の扉が開き、男たちをかき分けてカスカべが姿を現した。普段は人の好い笑顔を張り付けているその顔は、焦ったように汗を流している。

「ジグ様、お待たせしました！　奥へどうぞ」

無条件で通そうとするカスカベに、中年冒険者が文句を言おうとしたが、鬼の形相をしたカスカベに視線で黙らされる。その後、硬貨を裏返すかのように人の好い笑顔を浮かべてジグを手招きした。

その見事な変わり身の早さに感心しつつ、ジグが壁から背を離す。無造作に立てかけていた武器を取ると、近くにいた男に手渡しカスカベに続いて奥の部屋へ向かった。

「ワダツミを襲った犯人の情報が欲しい」

場所を変えるなり前置きもなしにジグがそう告げると、カスカベは驚いたように目を丸くした。

「ジグ様も賞金を？」

「いや、護衛対象が襲われてな。彼女は無事だが、奴を生かしておく理由もない。殺す」

ジグの口調に憎しみや怒りといったものは一切ない。仕事の障害になるから取り除く……ただそれだけの、慣れ親しんだ作業のような口ぶりだった。

「……まあ、せっかくだから賞金も貰うが」

一石二鳥だと付け足すジグに、カスカベは曖昧な笑みを返すことしかできなかった。

「賞金まで掛けているらしいが、お前たちはいいのか？　ミリーナたちは自分たちで敵を討ちたがっていたぞ」

「……私は戦わない人間ですからね。犯人が死んでさえくれれば、直接復讐することに拘りはありません」

自分の手で仇を討ちたいと考えるのは、戦う手段を持つ人間だけだとカスカベは言う。

ジグはそれを否定もしなければ肯定もしなかった。仲間が死んだことはある。仲間を殺した相手を殺したこともある。

だがそれは相手が敵だったからだ。仇を討たなければと思ったからではない。

仲間意識がなかったわけではない。悲しいとまではいかないが、残念だと思ったことはある。

だがそれでも、金次第で付く勢力が変わる日々を送るジグに、復讐という意識は生まれなかった。

――だからこそ、ライエルも断った。

あの時を思い出し、ジグがわずかに目を細める。

今の自分であれば違うのだろうか。そんな考えが過《よぎ》ったのを振り払った。

「それで、犯人の情報でしたね？　今書類を用意しましょう」

「感謝する。代わりと言っては何だが、首でも持って来るか？」

カスカベが苦笑いしながら血生臭い提案を断ろうとしたとき。

「その必要はないぜ」

突然割って入る声と共に扉を開き一人の男が入ってきた。ワダツミ最古参である冒険者、べイツだ。

「ベイツさん……戻っていたんですか」

「悪いなカスカベ。俺はどうしても、野郎の死に顔をこの目で見ねえわけにはいかねえんだよ。……それが仲間を死なせちまった俺の、せめてものケジメってやつだ」

ベイツは仲間の死を悼むようにそう言った。

先日はミリーナの手前仕方のないことだと諭してはいたが、まだベイツは諦めていなかったようだ。

彼はジグへ視線を向けてにっかりと笑う。

「そういうわけだ。手出し無用……とは言わねえよ。お前にも引けねえ事情があるんだろ？　だからちぃと手を貸しちゃあくれねえか？」

ジグはそれに答えず視線だけでベイツへ〝報酬は？〟と問いかければ、ベイツは右手を出して左手で指を二本立てた。

「前払いで糞野郎の情報。成功報酬で賞金全額」

「乗った」

応じて出された右手を叩いてやればそれで契約は成立だ。それは書面も何もない、知り合い同士の口約束。だからこそ、何よりも重い。

「んじゃ、さっさと情報共有済ませっか。カスカベ」

ベイツに言われてカスカベは書類を取り出す。彼も彼で、ベイツが引く気がないと悟り既に切り替えたようだ。この切り替えと仕事の早さが、ワダツミで重宝されている彼の長所でもあった。

「はい。例の犯人が起こしたと思われる殺人は、ワダツミを始め合計四件。シアーシャ様の未遂を含めれば五件です」

読み上げられる情報を椅子に座ったまま聞く。

どうやら犯人は堪え性がないようで、かなりのペースで犯行を起こしている。噂を聞いてからまだ幾日もたっていないのに五件にも及ぶ辻斬りに、驚き半分呆れ半分といった様子でジグがため息をついた。

「凶器は翠の両剣。鋭利な武器のようで鮮やかな切り傷です。死体を見たところ犯人は被害者をすぐには殺さず、いたぶっている形跡が見受けられます。犯行場所は西区から東区にかけての裏通り周辺。被害者はいずれも若い冒険者で、これといった共通点はありませんでした」

説明しながらカスカベが印のついた地図を広げる。犯行場所はジグも走り込みで幾度か通ったことのある場所だった。カスカベの言う通り場所や被害者の関係性はなく、見境なく襲っているように感じられた。

「無論、両剣を扱っている人間という線で調べてみましたが……どこで聞いてもジグ様らしき人物しか該当せず……」

「お前インパクト強いからなぁ……」

申し訳なさそうにカスカベが言葉尻を濁し、然《さ》もありなんとベイツが頷く。

普通の見た目の人間と、厳めしい顔の二メートルにも及ぶ筋骨逞《たくま》しい大男。同じ武器を扱っていても、どちらが目立つかを考えれば彼らの反応は無理もないものだった。

「とはいえ、だ。いくらお前が目立つからって言っても、両剣なんて特殊な武器使ってて、まるで情報がねえのはおかしい。となると……」

「普段は別の武器を使用している可能性が高い？」

ジグが継げば、それだと指を鳴らすベイツ。それで彼の言いたいことを理解した。

「表向き別の武器を使っていながら、双刃剣……両剣をも使いこなすか。そこまで器用なら、できる人間も限られるな」

「ああ。あとは両剣の入手ルートさえ何とか分かりゃあな……鍛冶屋を巡るにも、一々事情説明しながらだと日が暮れても終わりゃしねえ」

一番欲しい、肝心要の情報がないと肩を落とすワダツミの事務と幹部。

うん？　とジグが眉根を寄せた。そして自分が、大事なことを伝えていないことに今更気が付いた。

「あー……それなんだがな、心当たりがある」

ポロリと出てきた、爆弾発言。それを聞いた時のベイツとカスカベの表情はまあ、筆舌に尽くしがたいものだったとだけ言っておく。

†

「なんでもっと早く言ってくれねえんだよ……！」

ジグの心当たりがあるという鍛冶屋。その店先でベイツは悪態をつかずにはいられなかった。

彼の視線の先ではジグとカスカベが店員の娘に話を聞いている。初めは個人情報だからと固く口を閉ざしていたが、手配書と詳しい罪状をカスカベが説明すれば承諾してくれた。

「もうちょい早くこれが分かれば……くそ、言っても仕方ねえ」

見当違いな悪態だとベイツはよく理解している。あの時はそんな状況ではなかったということを。

勘違いでジグを襲ったワダツミは、犯人捜しどころか存続の危機を迎えていた。両剣を購入した人間がもう一人いたことなどジグが言う暇もなく、途中シアーシャが乱入してきたことで全ては流されてしまっていた。

ジグに文句を言うのはお門違いもいいところだ。彼が悪意を持ってそのことを黙っていたわけでもないのはベイツにも分かるし、第一覚えていたとしても自分を襲ってきた相手にそんな情報をくれてやる義理もない。全ては間の悪さ、それに尽きる。

だから彼の見えないところで一つだけ地団太を踏んだ。それでこの件は終わりだ。

「……切り替えろ。今は糞野郎を捜すことだけに集中しろ」

自分に言い聞かせるようにベイツがそうしていると、話を聞き終えたジグとカスカベが戻ってきた。

ジグを見る視線にわずかに険が混ざってしまったことは大目に見て欲しいと、ベイツは思った。

「ベイツさん、当たりです。購入したのは高位冒険者だ」

やはりかとベイツは視線を鋭くした。

特殊な武器……これはまあいい。質のいい冒険者用の武器……これもまあ、いい。

だがこの二つが揃うと話が違う。特殊で質のいい冒険者用の武器を冒険者以外が買えばどうやっても足がつく。確信はなかったにしろ、冒険者が犯人である可能性は十分にあった。

「ギルドへ急ぐぞ。これだけ情報揃えてりゃ出し渋るこたぁねえだろ。荒事になる、カスカベは戻ってろ。シアーシャちゃんが襲われたのが昨日……まともな神経してりゃ、今夜にでもこの街出てるはずだ」

†

「ベネリ＝ラスケス。四等級冒険者ですね。腕は良いんですが、人格に些か難があり、問題行動も多く見られます。実力だけなら三等級も視野に入ってくる段階なんですけど……素行が悪いので中々上がらないままですね」

ギルドではジグとベイツが受付へ押しかけ、情報開示を迫っていた。突然の割り込みに冒険者の抗議がなかったわけではないが、ベイツは本気の睨みでその全てを強引に黙らせていた。若手は腰を抜かしそうになり、ベテランは彼らしからぬ行動に驚いて道を開けていた。

ギルド受付嬢、シアンの読み上げる情報を聞いていたジグが疑問点を尋ねる。

「多少素行が悪くても、依頼をこなしていけば等級は上がるのではないか？」

「それは四等級までの話です。三等級以上ともなると、ある程度の常識が求められます。……ハッキリ言って人として当たり前のことだらけですので、よっぽど酷くないと引っかからないんですけどね……」

まともな人間は冒険者など選ばないのだから、それは無理な相談だろうと思ったが、口には出さないでおく。

苦笑いをしたシアンが書類を仕舞い二人を見た。その表情には苦悩が滲んでいる。

「……それでも人殺しに手を染めるまでの外道とは思っていなかったんですがね。これだけ証拠が揃っていれば疑いようもありません。例の辻斬りの犯人は彼で間違いないでしょう」

ギルドは本来冒険者の事情を軽々に漏らしたりはしない。しかしそれなりの事情があれば話は別だ。

　被害者であるワダツミとシアーシャ両方の証言に加え、犯行に使われた特殊な武器の購入履歴。これだけ明確な情報があれば、ギルド側とて開示を断るわけにもいかない。

「ここ最近、娼館通りでベネリと言う冒険者の羽振りが良くなっていることも分かっている。そしてその時期は辻斬りが出た頃と一致している。偶然というには重なりすぎているな」

「……良く調べていますね」

「伝手があってな」

　昔の友人の教えもあり、ジグの交友関係は意外と広い。とりわけ男が情報を漏らしやすい娼館の関係者とはうまく繋がりを作っていた。鍛冶屋からギルドへ来る前に娼館へ顔を出し、ベネリという人物についての聞き込みは済ませてある。

　香水の匂いをさせて帰ると、依頼主様が臍《へそ》を曲げてしまうのが困りものだが。

「……分かりました。彼の利用している宿と部屋番号をお教えします」

　普段明るい彼女の口から冷たい宣告がなされた。ベネリはギルドから切られた、そういうことだ。

　同業を次々殺して回るような人間を庇うほど、ギルドはお人好しではない。

「一応、捕縛を試みてください。無抵抗ならばそれで良し。抵抗するようならば……」

「冗談……抵抗してくれなきゃ困るぜ」

獰猛に笑ったベイツが受付を後にする。シアンはそれ以上何も言わずにその背を見送った。

二人がギルドを出るころには日が暮れ始めていた。

ギルドを出るなり駆け出したベイツに並走し、ベネリがいるという東区の端にある宿に向かう。

「捕縛だそうだが？」

「つまらねえ冗談だな」

ジグが聞けば、やれやれと首を振るベイツ。

分かり切っていたことだが、彼は犯人を生かしておくつもりがないようだ。身内を殺した相手を生かしておくようなギルドなど舐められるどころの話ではない。だがそんなことはどうでもいいくらいに、ベイツは相手への殺意を抑えきれなかった。

†

街の東区。外れにある寂れた人通りの少ない小さな宿がベネリの居場所だ。

以前はもっと良い宿に泊まっていたのだが、冒険者として伸び悩み、酒と女が増えるにしたがって宿のランクを下げざるを得なくなった。

その一室で彼は街を出るため荷物を整理していた。

「よし、こんなとこだろ」

彼は今日丸一日を使って財産を整理し、運びやすい魔具や宝石に換えていた。

すぐに街を出ることもできたが、彼には今まで溜めた金や装備を置いていくことができなかった。彼は安全よりも欲望を優先する人間だった。いつ来るか分からない危険よりも目の前にある金を選んだのだ。

「こんな街ともおさらばだ。ここは俺が活躍する場にふさわしくねえ」

長年住んできた街に悪態をつきながら宿を後にした。無論、ツケにしていた宿代と多額の借金は踏み倒す。彼が考えるのはこの後のことだ。

「さて、追手が掛かりにくいのはストリゴ辺りか。あそこは薬塗れで治安終わってるから、身を隠すにはうってつけだな。最近妙な薬が流行ってるなんて噂もあるが……とりあえず一時凌ぎならあそこでいいだろ」

マフィアが幅を利かせ過ぎた結果、薬物が大流行して腐敗した街のことを思い浮かべながら歩く。

「……あ?」

そんな彼の視線の先、一人の女がいた。

立ち居振る舞いや装備を見るに、なりたての冒険者だろう。魔術師と思しきローブと長めの髪。

どう見ても別人で、多少背格好が近いだけで似ているわけでもない。しかしベネリはその姿に、先日の女を重ねてしまった。

自然と右手が動き、武器を握る。

今はそんなことをしている場合ではない、そろそろギルドも感づき始める頃だ。

理性がそう訴えるが、彼の未熟なそれで自らの欲望を抑えることができればこうはなっていない。

ベネリの頭には今、あの恐ろしい化け物に似ている女を蹂躙することで鬱憤《うっぷん》を晴らすことしかなかった。

「……どうせすぐにこの街を出るんだ。だったら、ちょっとくらいつまみ食いしても……いいよな？」

誰にともなくそう呟いた彼は荷物を置いて、音もなく武器を抜いた。

こんな外れに住むあたり、女も冒険者になりたてで金がないのだろう。こんな、治安の悪い場所に。

運がなかったなと、声に出さずに歪んだ笑みを浮かべる。そして自分は運がいい。

乾いた唇をなめると地を蹴り、一気に駆け出す。

瞬く間に距離を詰めた翠の軌跡が、今度こそ獲物の足を斬り落とすべく迫る。相手は気づいてすらいない。

る。

——だがそれでも、結果は昨日と同じだった。

視界の端で赤い何かが動いた。それに気づいたベネリが両剣の軌道を変え、感覚で受け止める。

「クソがぁ……どうしてこうも邪魔が入る！」

「その武器……辻斬り、お前が……!!」

ベネリに斬りかかった赤い剣士、ミリーナが犬歯を剥き出しにして吠えた。

ミリーナがそこに居合わせたのはただの偶然だった。

暇だったから走り込みをしていただけ。ふと遠目に大荷物の妙な雰囲気の男がいるから気になって見ていたら、突然武器を抜いた。慌てて止めに入ってから相手の武器に気づいた。

「お前が仲間を！」

「どうして上手くいかねえ！」

噛み合わない会話。しかし互いに剣を向ける理由だけはあった。

「え、あ……？」

未だに状況が把握できていない魔術師風の女。

金属音がして、振り向いたら知らない人間が斬り結んでいたのだ。なり立てでまだ荒事に疎い彼女の反応は鈍かった。

「逃げろ！」

「ひぃ!?」

突然至近距離で始まった剣戟に呆然とした女が、ミリーナに一喝されようやく慌てたように駆け出していく。

それを見送る余裕もなく、相手の両剣を弾いて距離を取る。

対峙する男は殺意の籠った視線でミリーナを睨みつけ、下段に両剣を構える。

強い。ミリーナは男の足運びと先の一撃でそれを理解した。

見覚えのある冒険者だ。名前は憶えていないが、何度か同じ冒険者である兄に絡んでいるのを見かけたことがある。

自分より間違いなく上だ。おそらく四等級の兄と同等か、それ以上。

だが、と。ミリーナは長剣を強く握りしめた。

「退くわけにはいかない！」

身体強化を発動して一気に踏み込む。ミリーナが肩口から袈裟に振り下ろす長剣にベネリが動いた。

一歩下がって間合いから逃れながら、下段に構えた両剣の上刃で側面から合わせるようにして横へ逸らす。

下げた足を、今度は一歩踏み込みながら下刃を横からミリーナの右脇へ滑らせる。

長剣を返そうにも上刃に阻まれて防御へ引き戻す暇はない。ポールウェポンの厄介なところだ。

咄嗟、左手を離して短詠唱で火の魔術を弾けさせる。

流れるような一撃の分、威力には欠ける両剣はそれで勢いを弱めた。

爆発の勢いを借りて下がったが、わずかに掠めた先端が防具を薄く裂いていた。

「ハッ！」

「く……！」

交えたのは一合。その短いやり取りだけで、彼我の戦力差が理解できた二人の顔に対照的な表情が浮かぶ。

相手が格下と気づいたベネリが攻める。

下段の上刃が跳ね上がり、首を狙った刺突へ。

それを長剣で弾けば、速度に見合わぬその軽さにミリーナが目を剝く。

刺突をフェイントに迫る下刃。引き戻した長剣で防ぐが、それもまた軽い。

下刃を防がせたベネリが再び下がりながら、刺突に使った上刃を引いた。

引き戻された両剣が掠めるように肩へ触れる。異様な鋭さを持つ薄刃は、それでも肉を斬るには十分だ。

「っあ!?」

肩口に感じる熱にミリーナが声を漏らす。遅れてやってくる痛み。

い。

「チッ、浅いか。勘のいい」

期待したほどではない手ごたえに舌打ちをするベネリ。

ミリーナの額を冷汗が伝った。上体を下げるのが遅ければ肩の筋を切られていたかもしれな

回復術があるとはいえ、太い筋などを切られれば治癒に時間は掛かる。痛みを我慢するだけでいいのならともかく、筋を切られて片腕を封じられてしまえば剣士には致命的だ。

――経験が違う。

一矢報いるつもりでいたミリーナは、その考えが甘かったことを悟った。

もはや逃げることもままならない。背を向けた瞬間を逃す相手ではないだろう。

勝てぬ相手。死への恐怖。

しかし不思議と、彼女が抱いたのはそれらとは違った。

悔しい。彼女の心中を埋める感情はそれだけだった。

この相手は強い。それは間違いない。

「……だけど、軽い」

「あぁ？」

彼女の口をついて出た言葉にベネリがわずかに声を荒らげた。

そう、軽いのだ。剣技の実力に比して、膂力が圧倒的に足りていない。先の攻防も、相手に

もっと力があれば押し切られていただろう。これだけの経験の差がありながらまだ生きている。

〝才能がある者ほど、上がる実力に体力が追い付かない〟

そうだ。この男は強いが、薄っぺらいのだ。だからこそ、それに勝てぬ自分が悔しい。

「それだけの才がありながら、下らないことに身をやつしたね。真面目にやってればもっと上に行けたのに」

「……小娘に何が分かる」

露骨な挑発にベネリの目が据わる。

やはり、そうだ。体だけじゃなく、心も弱い。だからこの程度の挑発に乗る。

「来なよ、オジサン！　あたしの若さについてこれるかな？」

「ガキがぁ!!」

怒りに任せてベネリが殺意を刃に乗せ、斬りこんだ。

ミリーナがそれを必死で受ける。冷静さを欠いた分だけ、ベネリの両剣から鋭さが失われていた。

「こんなもんかっ！」

口ではそう言いつつも、いっぱいいっぱいだ。

しかしそれでもミリーナは笑う。虚勢を張り、ベネリを嘲《あざけ》る。

「俺を笑うなァ!!」

若く優秀な冒険者に馬鹿にされる。それはベネリにとって耐え難い屈辱だ。激情が剣を鈍らせ、その分ミリーナが生き延び、それがまたベネリの感情を逆撫でする。負の連鎖。

夜闇にいくつもの剣閃が奔《はし》り、それと同じ数の剣戟音が響き渡る。

何度相手の攻撃を凌いだだろうか？

彼我の実力差を鑑みれば、彼女は善戦していた。

――だがそれでも、覆せぬ歴然とした実力差がそこにはあった。

防御に徹したところで所詮は時間稼ぎ。受けきれなかった斬撃は所々に傷を作り、赤く染めていく。治しても流した血は戻らず、確実に魔力と体力を奪っていった。

「う、ぐ……」

とうに魔力は底をつき、気力で動かしていた体は言うことを聞かなくなった。

「ハァハァ………クソガキが、いい恰好じゃねえかぁ……!!」

息を切らしたベネリが傷だらけのミリーナへ嗜虐に歪んだ顔を向ける。

「……っ」

体は動かない。それでも彼女は気丈にベネリを睨みつけた。

「……気に入らねえ目だ。だが、足をなくしても同じ顔ができるか、見ものだなぁオイ？」

両剣をこれ見よがしにかざす。

「楽に死ねると思うなよぉ？　まずは片足を落として……ああ、安心しろ。ちゃんと死なないように止血してやるからよ。その後は指を一本ずつ落として、掻っ捌いた腹に詰め込んでやるよ……！」

彼女の血に濡れている両剣が足に触れてまた一つ傷ができる。痛みと恐怖がミリーナの表情をわずかに動かした。

「……っ！」

彼女が初めて見せた怯えた顔に、ベネリが満足そうに嗤う。

「ああ、そうだ……その顔だ！　たまらねえ……」

そして持ち上げた両剣を振りかぶり、ミリーナの足首目掛けて構える。

「弱者は強者に怯えて、ただ踏みつけられてりゃいいんだよ！」

「──同感だ」

声がした。どこからだ？　粟立つ背筋に考えるより早く、体が動いた。

全力で地面を蹴ってその場を離れる。

ほとんど間を置かずベネリのいた場所に巨大な何かが落ちてくる。投げ出すように体を放ってすんでのところでそれを避け、しかし逃げ遅れた耳がわずかに削り取られていくのを感じた。

直後、轟音と砂埃。まともに整備もされていない地面に蜘蛛の巣状のヒビが入る。

凄まじい威力だ。後わずかでも避けるのが遅れていたらベネリの頭どころか、体ごと卵のように潰されていただろう。

「畜生、今度はなんだ!?」

受け身を取りながら落ちてきた何かにベネリが構えた。魔術で巨大な岩でも落とされたかとも思ったが、ヒビの中心には人型の何かがいる。

「だが覚えておけ。力とはいつか必ず、より強い力に押し潰されるものだ」

巨大な影は身を起こすと、蒼い双刃剣を抜き放ってベネリと対峙した。

†

二人がベネリの宿に着いた時、既に彼の姿はなかった。宿の女将に聞いたところ、少し前に大荷物を持って出かけて行ったらしい。手分けして捜そうとしていた時、ジグたちを見かけた女冒険者が助けを求めてきた。

彼女は突然男に襲われたところを誰かに助けられ、逃げてきたと話した。

〝赤毛の女剣士が助けてくれたけど、彼女でも勝てるか分からない〟

彼女は必死に逃げてきたのか、息を切らせてそう言った。赤毛の女剣士という覚えのある特徴にベイツが顔色を変える。

彼女の様子からあまり時間もなさそうだと判断したジグは、おおよその場所を聞くとベイツを置いて先行した。最短距離……建物の上を走って現場に駆け付けると、武器を抜く間もなく犯人へストンピングを見舞ったのだ。

「ミリーナ、無事か!!」

ジグに遅れること十数秒。追いついたベイツがミリーナを守るように立つ。

「……ベイツさん、ごめん。あたし……」

「何も言うなよ。お前は良くやった……で、だ」

そうして彼女の傷の具合を診たベイツが、獣の様な唸り声を上げてベネリを睨みつける。

「ようやく見つけたぞ、下衆野郎が……てめえはこの手でぶち殺す!!」

気炎を吐いたベイツが斧の柄を砕けんばかりに握り締めた。

「――と言いてえところだが………悪いなジグ。任せる」

しかし突然彼は肩の力を抜き、ベネリと対峙したままのジグへ任せた。

「いいのか？　念願の仇だぞ」

ジグは相手から視線を逸らさぬままベイツへ確認する。彼はずっと仲間の仇を討ちたがっていたはずだ。

「確かにそいつは憎い。ぶち殺してやりてえ……だがな」

ベイツは仇敵へ迷いなく背を向けると、治癒の魔術が籠められた薬をミリーナへ手渡す。

「……俺にとって死んだ仲間の仇討ちより、生きた仲間を守る方がずっと大事なんだよ」

死者は甦らない。仇討ちは死人ではなく自分たちのためだと、そう語った。激情に駆られて

いても、彼は自分にとって大切なことの優先順位を間違えることはなかった。

ジグはその背を横目で一瞬だけ見ると、薄く笑みを浮かべてただ一言のみ答えた。

「――そうか。任された」


「さて、待たせたな。始めようか」

突然降って来た大男はそう言って腰を落とした。

「…………」

対峙するベネリが無言で歯を軋ませた。

大男は待たせたと口にしたが、ベネリは彼らが話している間ただ立っていたわけではない。新手が来た瞬間からずっと逃げる機会を窺っていた。

それでも彼がこの場から動いていない理由。それは正面に立つ大男にあった。

――隙がない。

常に気を張っているというわけでもない自然体。だというのに、この男からは意識の穴というものが見つけられなかった。

常在戦場という言葉がある。常に戦場にいるという心構えで物事に臨めという、簡単に言ってしまえば油断するなという意味だ。

この男の在り方はある意味でその真逆。いつ殺し合いが始まってもおかしくない一触即発の雰囲気であるのに、まるで日常にいるかのような態度。戦場こそが日常、とでも言おうか。

逃げる機会はいくらでもあったように思えた。しかしベネリの勘が、この男に背を見せた瞬間殺されると警鐘を鳴らし続けていた。

「弱者は大人しく踏みつけられていろと、そう言ったな？」

「……ハッ、それがどうしたよ。気に入らねえのか？　弱いものを助けるのが強い者の義務だ、とでも言うつもりかよ、ええ？」

お綺麗な説教は聞き飽きたとばかりに嘲笑する。

ベネリはその手の説教が大嫌いだった。強者の義務だとか、弱者を助けろだとか、くだらない。なぜ強い自分が弱い者たちに合わせてやらないといけないのか理解ができなかった。

「言っただろう？　同感だよ」

「……なんだと？」

含むように笑ったジグの言葉に、ベネリは思わず聞き返さずにはいられなかった。

「このご時世、弱い奴が悪い。踏みにじられたくなかったら、強くならねばならない。力の伴わない正しさには何の価値もない」

ジグの言葉を聞いているうちに、ベネリの顔が歪んだ笑みを浮かべる。同類を見つけた、そんな顔だ。

上手くやればこの場を切り抜けられるかもしれないと、そう思った。

「ハッ……オイオイ、なかなか話の分かる野郎じゃねえか。どうだい？　俺と組んで」

みねえか？　そう続けようとした台詞が、

「――だから、今度は弱いお前が踏みつぶされる番だ」

岩のように重い言葉に叩き潰された。

「…………は？」

言われた言葉の意味がすぐには理解できない。

弱い？　誰が？　まさか、自分の事か……？

頭にその言葉が浸透するにつれて、ベネリの目に怒りが灯っていく。

ジグはそんな彼に片手を向けると、クイクイと挑発してみせた。

「来い、半端者。覚悟も持たずにその道を選んだツケは大きいぞ？」

「……上、等だァッ!!」

激昂したベネリがジグへ向かって駆け、ジグがそれを迎え撃つ。

翠の薄刃と蒼の剛刃。

いつか共に並んでいた二つの刃は、今再びここに交わった。

「死ぃいいいねぇえええぇぇぇ!!」

矢のように放たれたベネリが両剣を振るう。素早い動きで円運動を利用した斬撃はまるで人型の嵐だ。

斬り下ろしから裏突き、柄を脇に挟んでの斬り払い。下がったジグへの刺突。

翠の旋風と化したベネリが縦横無尽に殺意を振りまいている。ジグは鋭い斬撃を受け流しているだけで反撃には出ていない。

「ハッハッハァ！　これでも俺が弱いと抜かせるのかぁ!?」

一向にやり返してこない相手に調子づくベネリが更に回転を上げた。

ジグはその剣筋を見て、なるほどと納得したように頷く。

「……これを扱い始めてそう経っていないはずなのに、大したものだ」

「今更気づいたのか木偶《でく》の坊がよぉ！　だがもう遅いぜ！」

双刃剣は扱いが非常に難しい。長さもそうだが、両方に刃がついているというのは想像以上に慣れを要求する。握る位置に制限が掛かるため、形だけ似ている槍や棒術とは求められる技術が違うのだ。

それをベネリは使いこなしているといっていい。彼の才は本物だ。

「だからこそ、弱い」

「……っ!?」

連撃の隙間へ一歩踏み込み、受け止める。ただ防御した、それだけのことでベネリの回転が止まった。

がっしりと受け止められた翠の刃。彼の回転力は刃の先で掠めるような攻撃から生み出されたものだ。根元で防御されればそれは止まる。

「こ、のっ！」

押し返そうと力を籠めるベネリだが、ジグの双刃剣はピクリとも動かない。

虚実を交えた巧みな体重移動でいなそうとするが、それは叶わない。そもそもジグは腕の力だけでベネリの両剣を押さえ込んでいるのだ。

技量でどうにかするにも最低限の力というものが必要だ。赤子の体ではどうやっても大人に勝てないように、開きすぎた力の差は技だけでどうにかできるものではない。

そしてジグは恵まれた体格に甘えず、肉体の鍛錬と技の研鑽《けんさん》を欠かさなかった。

才能で筋力は上がらない。才能で体力は付かない。

ベネリは並外れた才に溺れ、基礎を怠り過ぎていた。

「お前は弱い。その才は、お前を腐らせた」

淡々と告げるジグ。それがベネリをさらに苛立たせる。

「……っ、ぁぁぁあああああ!!」

ベネリが咆哮と共に身体強化を限界まで引き上げてジグの剣を跳ねのけた。

才と共に恵まれた魔力量は彼の怠慢を補えるほどのものだったが、それも一時的なものだ。

どれだけ魔力で強化しようとも、その体が弱くては長くは持たない。

強引な強化術と酷使に耐えかね痛みを訴える腕を無視して、跳ね上げからの返し斬り。

会心と言える一撃だ。ベネリの才はこの土壇場で、自らの殻を破るほどの技の冴えを見せた。

理想的な弧を描いてジグの右肩口へ迫る薄刃。

「惜しいな」

そして、それを返してこそのジグ＝クレイン。魔女を打ち破りし傭兵。

ベネリの一撃にジグが合わせる。

跳ね上げられた双刃剣、その下刃を勢いよくかち上げることでベネリの薄刃と剛刃が打ち合った。

斬り上げと斬り下ろし。重力を味方につけた後者が圧倒的に有利でありながら、それでも跳ね返されたのはベネリの薄刃だった。

武器の重量、技の練度、そして何より、圧倒的な基礎体力の違い。

それらが生み出した剣戟の重さは、一段殻を破った程度で埋まる差ではない。

ジグが初めて、反撃に動いた。

地が揺れる程の脚力で一歩踏み込み、振り上げた双刃剣を重力に引かれるように振り下ろす。

「やべっ!?」

その威力を想像したベネリが血相を変えて下がる。

彼の判断は早かったが、体格差から生まれる歩幅や腕の長さ、さらには振り下ろす際に持ち手の位置を下に変えたジグの斬撃を避けきるには半歩足りない。

魔具で展開した障壁を食い破り、半ば反射的に防御をした両剣にジグの双刃剣が真っ向から叩き込まれた。

馬車にでも轢《ひ》かれたのかと錯覚するほどの衝撃と、冗談のような浮遊感。

腹に響くような重低音は、とても剣と剣がぶつかったとは思えない。

「が、はっ……」

肺から漏れ出る空気。かろうじて武器は手放さなかったが、両剣は中心からくの字に曲がっている。

柄が剛性の高い魔獣の骨で造られていなければ、真っ二つにされていただろう。

たった一撃、まともに受けただけでこの威力。

「ばけ……もの、が……」

膝をついたベネリが見上げる。この大男はベネリの攻撃を凌ぎ、これだけの一撃を放ってもなお呼吸すら乱していなかった。

「言ったはずだ。力とは、より大きな力に潰されると」

痺れて感覚のない腕を必死に動かして、曲がった両剣を杖のようにして立ち上がる。

「弱者を踏みにじって進む道とはそういうものだ。他人を食い物にする生き方とは、常に自分も食われる可能性のある生き方でもある。弱肉強食――お前の選んだ道だ」

震える膝を何とか動かして体を支えたベネリが、ひきつけのように喉を痙攣させて嗤った。

「ヒッ、ハハッ……それじゃあ、いつかてめえも食われるってことじゃねえか！　御大層な能書き垂れやがって……」

ベネリは許せなかった。この男は自分と同じ穴のムジナだ。だというのに、他人から認められ、頼られ、受け入れてもらえている。自分とこの男の何が違う？

「てめえだって、力で他者の命を踏みにじって来た人間だろう!!　てめえと俺のしていることの、何が違うっ!?」

絞り出すようなベネリの慟哭《どうこく》が響き渡る。

「……違わないさ。俺も、お前も」

皮肉気にジグが笑った。彼の手に残るは、かつての戦友の命を奪った感覚。

数え切れないほどの命を踏み台にして、自分はここにいる。そのことを、誰よりもよく分かっている。

だから、

「――次はお前を踏みにじる」

その言葉を合図に、二人の男が同時に動く。

狙うは互いに相手の首。ただ相手の死を望む、保身なき一閃。

蒼と翠、二つの軌跡が同じ軌道で敵の首を落とさんと迫る。

一拍の後、夜闇に赤い血が咲いた。

交錯は一瞬。立ち続けるのは一方のみ。

「――――」

ジグの頬に一筋の線が走り、やがて赤い幕を下ろす。

頬を伝った鮮血が地に落ちたのと同時、首のない死体が鈍い音を立てて倒れ伏した。

宙を舞った首が遅れて血溜まりに落ちて粘着質な水音を立てる。

「その首、もらっていくぞ」

双刃剣を一振りして血を払ったジグが、ベネリだったモノの頭部を掴んだ。驚愕に見開いた目を閉じてやろうとして、やめる。奴には必要ない。

四等級冒険者、ベネリ＝ラスケス。天賦といえるほどの才を持った彼の最期は、呆気ないものだった。

「……それで、お前はどうする？」

ジグがそう言って視線をやれば、いつから居たのか建物の陰に背を預けた人物が姿を現した。

着崩した着流しに赤い瞳。笹穂状の耳をした青年、ライカが月明かりの下で微笑んだ。

「いやぁ、先を越されちゃったね。まさかお兄さんまで首を突っ込んでくるとは思っていなかったよ」

彼はさして意外でもなさそうにそう言って肩を竦めると、視線をベネリの首なし死体に向ける。

その目はとてもつまらなそうに冷えきっており、モノを見るかのようだ。

「にしても……つまらない奴だったね。好き勝手殺しておきながら最後の最後まで、自分が殺されることを覚悟できていなかったとは」

ジグが持つ首へ嘲るような視線を注ぐライカ。

「悪いな。横取りするような形になってしまって」

「賞金稼ぎは基本、早い者勝ちさ。それに獲物を取られたのは残念だけど、こんな半端者斬っても面白くないからね」

肩を竦める彼は本当に気にしていない、というより興味がなさそうだった。ベネリとは対照的に、ライカは強者を斬ることに関心を持っているようだ。

「その代わり、いつか僕と手合わせしてよ。そっちの方が……うん、ずっと面白そうだ」

一方的にそれだけ告げると、じゃあねと手を振りながら闇に姿を溶かしていった。

「終わったのか」

声にそちらを向けば、ミリーナを背負ったベイツがいた。彼女の傷自体は応急処置したようだが、失った体力までは回復していないようだ。ベイツの背で青い顔をしたまま眠っている。

ジグが無言でベネリの首をかざす。

「ああ……これでやっと、あいつらに……！」

仇の首を見たベイツは歓喜の表情を浮かべたが、その目にはどこか拭いきれない悲しみが浮かんでいた。

「……だけどまぁ、虚しいもんだな。復讐なんて」

喜びは一時。すぐに彼の顔は沈んだものに変わる。

「こいつが死んだからって、死んだ仲間は戻ってこねえってのによ……」

「……そうか」

彼へ掛ける言葉をジグは持たない。

復讐は正当なものだとか、残された者の心のケジメだとか、上辺だけの言葉は浮かぶ。しかし本当の意味で復讐というものを理解していないジグには、安易にそれらの言葉を掛けることは躊躇われた。

戦争とはある意味で復讐の連鎖だ。戦争で家族を、仲間を殺された人間が復讐として敵国の人間を殺す。殺された人間の家族や仲間がその復讐のために殺す。それが戦争の持つ一つの本質。

傭兵は戦争における復讐代行の先兵ともいえるだろう。誰よりも復讐に関わってきたジグが、未だに復讐というものを理解していないのは壮絶な皮肉という他あるまい。

手にした首を袋に詰めたジグが双刃剣を背負い、踵を返した。

「それでも、今度は守れたじゃないか」

ジグの言葉にベイツは背のミリーナを見た。ベイツが復讐心を捨てきれなかったからこそ、彼女を助けることができた。復讐のために動いたからこそ、守れた命もあったのだ。

「そうだな……ああ、結果オーライってやつだ」

背の温もりを宝物のように背負いなおしたベイツは誇らしげにそう言った。


起きた騒動に比べると決着は呆気ないものだった。

首をベイツに渡したジグへは後日賞金が届けられた。なぜかそれを持ってきたのはミリーナで、シアーシャが威嚇するという一幕もあったが……まあそれはいいだろう。

「またお仕事ですか？」

威嚇した際に乱れた髪の毛をジグに梳かせながら、シアーシャが問うた。彼女の威嚇を受けたミリーナは可哀そうなくらい委縮してしまっていたが、それでもしっかりと先日の礼をしていった。

「依頼ではない……つもりだったが、結果的にはそうなったか」

冒険業に必要な装備を整えるには金が掛かる。戦争で稼げない以上、資金はいくらあっても困らない。

勘違いを切っ掛けに関係が生まれ、こうして仕事が回ってきているとはいかなる奇縁か。

先輩傭兵から人との縁が仕事に関わるとはよく聞いていたが、なるほど馬鹿に出来ないものだ。

「ねぇ、ジグさん」

「……うん？　なんだ？」

昔を思い出していて反応が遅れたジグが聞き返すと、彼女は振り返って蒼い瞳を向けた。

「あの……やっぱり元の大陸に戻りたいって……思ったことはありますか？」

シアーシャの瞳は揺れている。一瞬とはいえ、儚げなその瞳は彼女が魔女であることを忘れさせた。普段の余裕のある表情に勘違いしがちだが、彼女はあまり情緒が安定している方ではない。興味がないものには反応しないだけなのだ。

そんな彼女からの問い掛けは、裏を返せばシアーシャがジグの内心や考えに興味を抱き、それを知ろうとしていることの証左であった。

つまるところ、彼女は不安だったのだ。あまり表情を顔に出さないジグが何を考えているのか、どう感じているのかを知りたかった。それだけのことなのだ。

「……ふむ」

窮地にあっても表情が変わらないのは戦場で利点だと指導役の副団長には言われたが、こういう場面で不安を感じる依頼主への対処を教わったことはない。

何と言ったものかと顔に出さぬまま少し焦っていたジグ。黙ったままの彼を見て余計に不安を募らせるシアーシャ。

――良くない均衡だと、そう思った。

「っ!?」

だから、動いた。

櫛を置いて、右手をシアーシャの頭へ。驚く彼女に構わず、ぐりぐりと雑に撫でる。

せっかく梳いた髪の毛がぼさぼさに乱れていく。

「あ、あの……」

「戦争がないと聞いたときは、どう食《く》い扶持《ぶち》を稼ごうか悩んだものだが」

何か言おうとした彼女の言葉を遮ってジグが口を開く。結局何を言えばいいかは思いついていない。だがまあ、それは問題ないだろう。

「それでも俺の仕事の種はどこにでも転がっているし、近頃は魔術なんて大道芸も毎日見られる」

ジグ自身、今の生活に嫌気がさすと感じたことはない。ならば、思ったことを口にすればいい。

「……悪くはない」

そう締めると頭に載せた手を離し、再び櫛を持って前を向けと顎をしゃくる。

「……はい」

そうしてぼさぼさの髪をまた梳いていく。始めた頃に比べると幾分か慣れた手つきで櫛を通すジグには、前を向いたシアーシャの表情は分からない。確かめるつもりもない。

「ジグさんジグさん」

「なんだ？」

「もう少し強めがいいです」

彼女の要求に従って少し強めに、しかし丁寧に髪を梳いていく。

先ほどまでの妙な空気は綺麗さっぱり消えていた。

「そういえば、お前に襲いかかってきたとかいう男、死んだぞ」

話題を変えると、彼女が首をかしげようとして……髪を梳かれていることを思い出してやめる。

「あぁー？　……そんなこともありましたっけ」

シアーシャの反応は鈍い。彼女の中では既に過ぎたこととして処理されており、このまま忘れていくのだろう。

「まあ、そんなものか」

他者を食い物にする人間が、より強い者に食われて忘れられていく。自分たちのような人間には相応しい最期なのかもしれない。

「……俺はいつまで、それに抗い続けることができるんだろうな」

「ジグさん？」

こぼした呟きに反応する彼女へ、何でもないと返しながらその髪を梳く。

いつか自分もより強い者に、勝てない相手に食われて死ぬ。

それはいい。そんな覚悟は、もうずっと昔に済ませている。

だがせめてと、目の前で撫でられる猫のように目を細めているシアーシャを見た。

せめて、彼女は守らねばなるまい。

「……依頼、だからな」

思い出したように、そう付け足した。

あとがき

いつもお世話になっております、作者の超法規的かえるです。

皆様のおかげで無事二巻を出すことができました。まずはそのことに感謝を。

一巻からなるべく間を置かずに出そうと編集さんと色々話した結果、中々にタイトなスケジュールとなりましたが、後悔はしておりませぬ。

楽しみにしている本って早く読みたいですからね。私も学生時代は本屋さんに通い、いつ次巻が発売されるのかと来月の刊行一覧を見て一喜一憂したものです。

今や自分が待たれている側になっているとは夢にも思いませんでしたが……待たれてますよね？


さて、二巻は冒険者業にも慣れて来た二人が街の揉め事に巻き込まれたり、首を突っ込んだりする内容となっております。

一巻は魔獣が多く出ていたのと比べて二巻は対人間……ジグの得意分野でのいざこざです。

それでもやはり土地が違えば勝手も違うもの。認識の違いや誤解、面倒な勢力とのぶつかり合いで苦労するでしょう。今後そちらとも関わっていくジグとシアーシャの二人をお楽しみに。

ウェブ版を読んでいた人からすると「あの伏線がここで回収されるのか！」となるかもしれませんね。はっはっは、書籍化を予想して張っておいた伏線が上手く回収できましたね。これが私の構成力ですとも。怖いですか？　……すみません嘘です。投げっぱなしだった伏線を追加加筆に使えそうだと拾いなおしただけです。

こんな趣味全開のニッチ小説が書籍化されるなんて予想できるわけがないではありませんか。秋葉原に約7・5メートルもの巨大広告が公開されていたのを見た時、「あれ、もしかして思っていたよりも大ごとになっているのでは？」と今更ながらに緊張してきたこの私が。

そしてなんと、この度コミカライズが決定しました。作画を担当されるのは、宮木真人先生です。

まだネームを見ただけですが、躍動感のあるイラストと可愛らしく描かれたシアーシャに一目で惚れてしまいました。ジグの渋さとシアーシャの可愛らしさを両立するのはとても難しいと思っていたので、どちらかを犠牲にする必要があるかもしれない……などと考えていましたが、流石はプロ。素人の浅知恵を難なく超えてくるものですね。

いやほんと、シアーシャ可愛いんですよ……私も読者さんと一緒に首を長くして待っております。

三巻もなるべくお待たせしないよう出させていただきますので、コミカライズと合わせて楽しみにしていてくださいね。

最後に、いつも丁寧に文章や話の矛盾などを指摘してくださる編集様。私の細かい注文にしっかりと応えてくださる叶世べんち様。

その他、様々な面で支えてくださる皆様と応援してくれる読者様。

いつも本当にありがとうございます。これからも、精一杯頑張らせていただきます。

ファンレター、作品のご感想をお待ちしています!

【宛先】
〒104-0041
東京都中央区新富 1-3-7　ヨドコウビル
株式会社マイクロマガジン社
GCN文庫編集部

超法規的かえる先生 係
叶世べんち先生 係

本書はWEBに掲載されていた物語を、加筆修正のうえ文庫化したものです。

この物語はフィクションであり、実在の人物、団体、地名などとは一切関係ありません。

GCN文庫

魔女《まじょ》と傭兵《ようへい》 ②

2023年9月25日　初版発行
2024年11月20日　第4刷発行

著者　超法規的《ちょうほうきてき》かえる
イラスト　叶世《かなせ》べんち
発行人　子安喜美子
装丁　AFTERGLOW
DTP／校閲　株式会社鷗来堂
印刷所　株式会社エデュプレス
発行　株式会社マイクロマガジン社
〒104-0041　東京都中央区新富1-3-7　ヨドコウビル
［営業部］TEL 03-3206-1641／FAX 03-3551-1208
［編集部］TEL 03-3551-9563／FAX 03-3551-9565
https://micromagazine.co.jp/

ISBN978-4-86716-471-6 C0193